SHANGHAI LITERATURE & ART PUBLISHING GROUP

故事会

精品系列

故事会 ®

爱情故事

I0529738

上海锦绣文章出版社
上海故事会文化传媒有限公司

上海文艺出版（集团）有限公司

图书在版编目（CIP）数据

爱情故事 《故事会》编辑部编 － 上海：上海锦绣文章出版社
（故事会精品系列） ISBN 978-7-80685-859-2

Ⅰ．①爱… Ⅱ．①故… Ⅲ．故事－作品集－世界 Ⅳ．I14

中国版本图书馆 CIP 数据核字 (2007) 第 153494 号

丛 书 名：故事会精品系列

书 名：爱情故事

主 编：何承伟

编 委：何承伟 吴 伦 姚自豪 夏一鸣

责任编辑：刘迎曦 鲍 放

装帧设计：王 伟

责任督印：张 凯

出 版： 上海锦绣文章出版社

上海故事会文化传媒有限公司

POD 海外发行： 中国图书进出口上海公司

电话：021-36357888

传真：021-36357896

地址：上海市虹口区广中路 88 号

邮编：200083

目　　录

真 情 无 价

真正的爱情必定孕育着苦难,只有在苦难中才能挖掘出莫大的喜悦。

无价之宝

  洞庭湖往东二十里地,有个叫枫庄的小山村,村里住着一户姓张的石匠。张石匠四十多岁,父母早逝,孤身一人。

  这一天,张石匠进城去喝表弟的结婚喜酒,顺便又去表弟工作的文物馆参观,当看到一件件工艺精巧、价值连城的出土文物时,张石匠不禁深为古人高超的技艺叫绝。

  突然,他在展厅右侧的玻璃橱内看到一只瓷茶罐,质地洁白如玉,图案精巧雅致。标签上写着:宋窑。咦,这只瓷茶罐的形状、花纹图案和颜色,与自己家中那只祖传茶罐不是一模一样吗?他不禁失声笑道:"你们这摆的,真是文物?这个罐我家也有一个哩!"

  这话立时把表弟的双眼惊得如一对铜铃:"真的?"

张石匠点点头,又摇摇头,说:"当然是真的。不过,我已经送人了……"原来,张石匠家隔壁住着一个寡妇,村里人都叫她刘二姐,刘二姐很早死了男人,一个妇人家拖着孩子,日子过得很苦。一次,刘二姐家的茶罐不小心摔破了,张石匠便把自家那只用了几代的茶罐移到了刘二姐家的桌子上。张石匠是借送茶罐向刘二姐送爱心,但他是个实心眼的人,不好意思明说,现在自然更不会对表弟说透了。

只听表弟担心地对张石匠说:"这茶罐可值钱哩,你一辈子也花不完呀!回去还能不能拿回来?你可千万别先露了风声。"

张石匠说:"这我懂。"

毕竟值一大笔钱哩,于是从城里回来后,张石匠就径直朝刘二姐家走去。

此时,刘二姐家的大门关着,窗户倒是大开。张石匠走过去探头一看,嘿嘿,那只茶罐正静静地躺在桌子上,张石匠心里不觉一阵惊喜。

这时候,刘二姐正挑着一担空桶从地里干活回来,看到张石匠在他家窗口探头探脑的样子,吃不准是怎么回事,便把桶往地上一搁。哪知这"咣嗵"一声响,吓得毫无思想准备的张石匠调转头时一脚踩空,差点摔倒。

刘二姐半开玩笑半认真地说:"大白天的,趴人家窗口,说出去可不好听哩!"

张石匠支支吾吾道:"是这样,我想看看屋子里……"

"你怀疑我屋子里藏……"刘二姐涨红着脸,迅速打断张石匠的话,"天地良心,我刘二姐行得端,坐得正,我可从来没做过什么亏心事。"

唉,也真是的,刘二姐想哪里去了!张石匠见刘二姐误会了,一时也解释不清,索性进屋提起那个茶罐就走,干脆等发了财再告诉她吧。

刘二姐一看,嘲笑说:"就为这只茶罐呀,早知道你这么当宝,当初我真不该收下。"

张石匠也不吭声,捧着茶罐兴冲冲地回到家里,小心翼翼地把它放在床边的方桌上,然后和衣朝床上一躺,美滋滋地盯着这个茶罐出了神。你想,靠它马上就可以发大财了呀,心里能不激动么!

也不知过了多久,张石匠已经到梦游国里走了一遭,想吃的都吃了,想穿的都穿了,想用的也都用了。他迷迷糊糊醒过来,睁开眼睛一看,只见屋子里黑洞洞的。这时,他觉得肚子饿得厉害,便翻身起床,准备到厨房搞点吃的。哪知摸着黑刚走出一步,伸出的手掌碰倒一个冰凉的物体,"啪"一声响……他立刻醒过神来,心里不由得倒抽了一口冷气,开灯一看,地上是一摊瓷片片,茶罐摔破了!他立时瘫倒在地上。

张石匠一夜没睡好,像丢了魂似的,心里乱得没了头绪,他思来想去,财运飞走了不说,还觉得对不住刘二姐呀,得把事情给她说清楚。

第二天,张石匠又进了城,专门找到一家瓷器店,掏出身上仅有的三十几元钱,买了一个十分漂亮的茶罐,送到刘二姐家。

一向老实巴交的张石匠,这次例外编了段谎言,他告诉刘二姐,那天他看到桌上的旧茶罐时,便想给她换个新的。说完,张石匠便从身后亮出个崭新的茶罐来。

刘二姐看着新茶罐,什么也没说,转身从里屋也搬出一只茶罐来。张石匠一看,不由惊呆了:这不正是他家那只祖传茶罐吗?

刘二姐说:"当初你把你家祖传茶罐送给我,我很感激,茶罐是旧的,你的心却是真的,所以我一直把这个茶罐珍藏着。你昨天提走的那只,是我后来用省下的钱买的,因为我怕万一有个闪失,把这只摔碎。两只茶罐虽然外观相似,但它们在我心里的位置,不一样啊！如果你真要拿回去的话,那么请吧——"

刘二姐这番话,说得张石匠耳热心跳:我真浑,眼睛只盯着这个茶罐,差点把这么好的人放走。他急着朝刘二姐连连摆手:"不,不,刘……刘二姐,我真浑。我们……我们……"他涨红了脸,半天没说出一句话来。

不久,张石匠和刘二姐真成了"我们"一家！县文物馆的玻璃橱窗里摆着他们两人的合影照,手中就捧着那只祖传的茶罐,旁边还特地作了一条说明:宋窑瓷罐,捐献给国家。

张石匠常对村里人开玩笑说:"我们两口子的爱情受国家重点保护,可是一件无价之宝啊！"

（易望明）

（题图:杨宏富）

摸手认妻

公司举办的庆三八妇女节联欢会上,有一个别开生面的节目——摸妻游戏。具体要求是把五位男士的眼睛蒙上,让他们依次去摸五位女士的手,从中摸出自己的妻子。

这个节目极其诱人,所以,在进行这个节目时,偌大的礼堂里围得水泄不通,两个大门口也站满了人,有的人看不见,就把脚尖踮起来,有的人干脆站在小矮凳上。尤其是那些女士们,都想看看一个个男士怎样出乖露丑,阴差阳错地闹出笑话。

老曹就是这五位男士中的一位,而且他抓了个一号。也就是说,他将第一个去摸。

从市电视台请来的女主持人走到他身边,一丝不苟地把他的眼睛蒙得严严实实,接着,她吩咐五位女士一字儿排开,一个个伸出双手,然后,她把老曹引到第一位女士身边。

那一刻,老曹偷偷地叹了一口气,感到将要做一件比登天还难的事,可是,既然站在这里,就只能硬着头皮摸吧。于是,他伸出手去摸第一位女士的手,凭手感,那不是;又去摸第二位女士的手,那手温乎乎的,好像是,又好像不是;接着,他犹犹豫豫地走到第三位女士身边,摸摸,又摸摸,然后像喝完茶那样品味一会,那手也温乎乎的,大小与前两位女士的手一样,好像是,又好像不是。当他快要放弃时,忽然吹来一股风,在风中,他长长地吸了一口气。吸完这一口气,他突然激动起来,紧紧地抓住那双手,大声说:"这位是我妻子!"

老曹的话一出口,气氛热烈的礼堂里刹那间寂然无声,连一根针掉在地上都能听得到。

女主持人不失时机地提醒说:"先生,您就这么肯定,不怕错了被大家笑话?"

老曹坚定地说:"不会错的。"

女主持人说:"先生,您再往下摸,把五双手都摸一遍,好从中选择嘛!"

老曹摇摇头道:"没这个必要了。"

女主持人笑着面向大家,说:"看来,这位先生是死心塌地了,那么,就让他看看'庐山真面目'吧!"说着,她给老曹去掉蒙在眼睛上的纱布。

老曹揉揉眼睛一看,天啊,站在他面前的三号女士,不是别人,正在他的妻子!

这时,礼堂里响起雷鸣般的掌声和热烈的欢呼声,其间还夹杂着响亮的口哨声。

热烈的声浪漫过之后,观众席上有人站出来提出疑问:"请问,这位男士摸的时候,他妻子是不是做了示意的动作?"

女主持人解释说:"请大家相信我,我刚才一直监视着他,绝对没有发现您所说的这种情况。"

观众席上又有一个人提出疑问："请主持人检查一下这位女士的手指,看她的手背上有没有疤痕?"

女主持人走到老曹妻子身边,细细地检查了一遍他妻子的手,然后把他妻子的手高高举起,把手背朝向大家,说:"这位女士的手背上别说疤痕,就连一粒痣也没有。"

这时,观众席上又有人提问:"那个捂眼睛的东西是不是能把这位先生的眼睛捂严呢?"

女主持人说:"刚才发问的先生,请您上来,我再告诉你。"

女主持人刚说完,一位满脸胡茬的中年汉子大步走上了舞台。

女主持人把手中的那块布一抖,说:"我让您试试吧!"说着,就捂住了中年人的眼睛,然后问他:"您看得见我吗?"

中年人说:"看不见,一点也看不见。"

中年人说完下去了。他一下去,礼堂里便响起一片啧啧的赞叹声:"神了,真是太神了!"

老曹长长地舒了一口气,正准备站到一边去,女主持人却向老曹发问了:"请问——"

她的问题还没说出口,观众席上又有人打断了女主持人的话,说:"请把这位男士的眼睛捂上,把这五位女士的顺序打乱,让这位男士再摸一遍。这次他若摸准了,我们就心服口服,没啥可说了!"

女主持人望着老曹,面有难色,观众席上却发出一阵高过一阵的叫好声:"好!好!再来一次!再来一次!"

女主持人望着老曹,说:"看来,只有请您再摸一次了。"老曹点了点头,女主持人用那块布捂住了老曹的眼睛,又把五位女士的顺序做了调整,然后,把老曹引到第一位女士身边,说:"开始吧!"

于是,老曹去摸第一位女士的手,知道不是,又去摸第二位女士的手,摸摸,长长地吸口气,突然激动起来,说:"这位是我妻子!"

女主持人说:"这次您可仔细点,小心弄错了。"

老曹坚定地说:"错不了。"

女主持人说:"再给你五秒钟时间,机不可失,时不再来。5、4、3、2、1,停!"老曹仍然一动不动地站着。

女主持人给老曹去掉蒙眼睛的布,老曹揉揉眼睛一看,一点不错,站在他面前的,就是他的妻子。

这时,礼堂里响起了更加热烈的掌声和欢呼声,夹杂在其中的口哨声也更响更亮了。

待热烈的声浪平息下来,女主持人兴奋地问老曹:"先生,您摸得这么准,这其中有什么奥妙吗?"

女主持人说着,把话筒伸到老曹面前。礼堂里静静的,一双双大眼扑闪扑闪望着老曹,老曹成了联欢会上的焦点和中心。

老曹显得不好意思起来,说:"还是不说吧!"

"不行,说,说!"女主持人还没说完,礼堂里已经扬起一浪高过一浪的喊声。

女主持人对老曹说:"大家都盼着听您的话呢,您就说说吧!"

老曹说:"其实,我不是凭手感,而是凭妻子身上散发的气味辨认出我妻子的。"

听了老曹的话,礼堂里发出一处"嗡嗡"声。

女主持人说:"您能说得具体一点吗?"

老曹看看台下,一双双满含着渴求的目光静静地望着他,似乎在说:"快说吧,我们都等不及了!"

于是,老曹清了清嗓子,提高声音说:"说实话,走到我妻子身边,只要留心,我就能嗅到一股淡淡的奶香。"

"奶香?"女主持人吃了一惊,台下的观众也吃了一惊。

老曹点点头说:"是的,是奶香。"

老曹提高声音说:"我很喜欢闻这味儿。我俩参加联欢会之前,我妻子还给我那一岁的女儿喂了奶呢!我俩跳舞时,我能闻到这味儿;我俩坐在一起看电影时,我能闻到这味儿;我洗衣服时,能从妻子的衣服上闻到这味儿;我俩扳手腕时,我能闻到这味儿;妻子给女儿喂奶时,我就坐在她身边,看着女儿闻这味儿。不怕大家见笑,我们的被窝里,也充满着这味儿。一闻到这味儿,我就感到温馨,感到生活真好,感到做丈夫真幸福,做父亲真伟大,一天的疲劳和不快就烟消云散了。当然,闻到这味儿,我也能感到一个男人肩上的责任。"

老曹说完了,礼堂里还是那么沉寂。老曹看见,他妻子的脸上满是泪水,其他四位女士包括女主持人的眼睛都湿润了;老曹还看见,坐在前面的几位男士,也掏出手帕在擦眼泪。

正当老曹不知如何是好时,礼堂里忽然响起山呼海啸般的掌声,掌声在礼堂里回荡,震响,经久不息……

(赵广存)

(题图:魏忠善)

空钱包里有什么

　　王润东大学毕业后,留在大城市当上了一名报社记者。没多久,他就和一个师范学院来的实习生谈起了恋爱,这个实习生叫林盈,是个又漂亮又现代的本地女孩子。

　　王润东怕林盈嫌自己是外地人,又没什么钱,所以平时对林盈百依百顺,约会时又吃西餐又看电影,花起钱来眼也不眨,隔三岔五地还要送些香水、口红之类的小礼物。这样做的效果果然不错,林盈对王润东一天比一天亲热。

　　两个人的感情节节高涨,可王润东兜里的钱包却一天天瘪了下去。本来嘛,刚工作的大学生工资就不高,付掉房租、饭费,身边的钱就所剩无几了,哪里还经得起这样挥霍呢?他不好意思向农村的父母伸手要钱,再说,家里也根本拿不出钱来。

这个月还没过完,王润东兜里就只剩下可怜巴巴的一张十元纸币了,可单位要后天才发工资呢。"唉,但愿能熬过明天!"王润东心里暗暗祈祷。

第二天,社里派王润东和林盈一起出去采访,到中午吃饭的时候,林盈拉着王润东的手说:"离这不远有家叫'云天楼'的酒店,店里的烤鸭味道很鲜美,我带你去好吗?"王润东心里暗暗叫苦,可看着林盈央求的眼神,结巴了一阵,终究还是吐出了两个字:"好吧。"

但王润东一路走一路后悔,想起当初林盈提出两人消费实行 AA 制时,自己怎么就打肿脸充胖子,硬是没答应呢? 所以走了十多分钟,当他望见"云天楼"三个金灿灿挺气派的大字时,双腿就发了软。别说他钱包里只有十元钱,就是有一百元,进了这种地方,还不是只有塞牙缝的分? 想到这里,他停下了脚步,踌躇着对林盈说:"可能天气太热,我忽然没一点胃口了,你看,我满头大汗呢! 我们改天去好吗?"

林盈瞥了他一眼,脚下反而加快了步子,笑着说:"没关系啦,那里有空调,怕什么? 都已经到门前了,不进去太可惜了。"说完,她"咯咯"笑着,拉了王润东穿过云天楼的实心雕花木门,上了二楼餐厅。

餐厅里面富丽堂皇,装潢讲究得不得了,服务生又是倒茶又是递毛巾,王润东心慌得厉害,可现在已经是骑虎难下,只得走一步算一步了。

林盈笑盈盈地叫来服务生,便开始点菜,除了烤鸭,她还另外点了几味小菜,要了扎鲜果汁。"你想喝点什么?"她问王润东。

"随便吧,你替我做主好了,我先去趟洗手间。"王润东大步走向了洗手间,他不是内急,而是心急。

一进洗手间的门,王润东就掏出手机,想找人送点钱来帮他应急。可是他猛地想起手机昨天就欠费停机了,这下连最后一线希望都泡汤了,等鸭子烤熟,他王润东也该下油锅开炸了。他急得浑身冷汗直冒:"这回死定了!"只好耷拉着脑袋回到座位上。

没多少工夫,服务生已经把菜上齐了,林盈立刻开吃,越吃越有味,可王润东哪里吃得下?香喷喷的烤鸭到了他嘴里,简直比黄连还苦啊!

一个小时后,林盈吃得差不多了,她用餐巾擦擦嘴,向服务生招手,示意王润东结账。王润东的脸涨得通红,额头上汗珠密布,他一面习惯性地从手提包里摸出钱夹,一面嘴里喃喃道:"林盈,我……我……"

王润东正要向林盈坦白自己付不出这顿饭费,可是这样的尴尬仅持续了几秒钟。因为他突然发现,他的钱夹里分明多了两张百元面额的纸币。他惊讶不已,瞅着正一脸坏笑地望着他的林盈,讪笑着付了账。

走出云天楼,林盈依着王润东柔声道:"你上午采访拍照时,钱夹掉出了口袋,我捡起来时发现,其实里面已经没什么钱了,所以就偷偷给你放了两百元进去。中午我是故意让你带我来云天楼的,让你接受一次教训,以后别为我乱花钱了。喜欢一个人,重要的不是钱,而是心!我懂你的心,这就够了……"

林盈的这番肺腑之言,让王润东的眼睛湿润了,他紧紧拥住林盈,心里有许多话想说,可就是开不出口来……

（林贤安）

（题图:张　恢）

阳光路十七号

　　春玲和铁蛋新婚后不到一个月，铁蛋就出去打工了，村上的男人几乎全出去打工了，山上的东西实在是不能养活他们。

　　春玲在家里，种地、养猪、赡养老人，等待着铁蛋从远方来的信和寄的钱，每个月，铁蛋都会给家里寄钱，或多或少。

　　收到铁蛋的信的时候，春玲一个字一个字地读。

　　铁蛋的地址春玲早就背下来——阳光路十七号。

　　铁蛋在来信中说，阳光路是一条非常漂亮的路，是铺满碎石的小路，他们这里的生活条件相当好，住的是有阳台的房子，虽然是打工，可并不觉得苦。铁蛋还说，他们住的地方能听到悠扬的钢琴声。春玲还听铁蛋说起过"麦当劳"，以前，春玲只是听说过那种美式快餐，铁蛋在信中说："什么时候你来了，我带你去吃。"

于是春玲的想象就更加完美了，甚至出现了小说里的场景，那阳台上有杜鹃花吗？那围墙上爬满了青藤吗？这种想象让春玲对外面的世界充满了美好的憧憬，所以，等待着阳光路十七号的来信，成了春玲最大的快乐。

但那年的春节，铁蛋却没有回来。铁蛋说，公司组织去海南旅游去了，机会难得，还是明年再回来吧。

于是，春玲逢人便说："我们家铁蛋去海南旅游了！"

铁蛋在信上的计划是那么美好：盖个新房子，买点小猪仔，再种点玉米，然后和春玲生一个小孩子……想着想着，春玲就会甜蜜地笑起来。铁蛋离家快两年了，春玲想铁蛋想得快发疯了，毕竟是新婚离开的啊！于是春玲准备动身去找铁蛋，想给铁蛋一个惊喜。

坐了三天三夜的火车，春玲终于到达了铁蛋打工的那个城市。那真是一个美丽的大都市，可春玲分不清东南西北了，于是就把写着"阳光路十七号"的纸条递给了警察。

警察说："在郊区呢，离城里还有两个多小时的车程。"

于是又坐了两个多小时的车！下了车，春玲一路打听，有人指给春玲说："往前走，那边搭简易棚子的就是！"

春玲终于看到，一个牌子上写着：阳光路十七号！

那是一个简陋的木牌子，上面粘着水泥和白灰。春玲看到了那简陋的房子，而刚才路过那些漂亮的小区时，春玲也的确看到了带阳台的房子，听到了钢琴声，可那都是别人的快乐。

"那一排房子，都是临时搭建的，"旁边的人说，"这些大楼快盖完了，这些简陋的房子也快拆除了，如果你再不来，就看不到了。这帮农民工也应该回家了，他们在这里干了快两年了，为挣钱都舍不得回家。"

春玲哭了，站在那简陋的房子前，想起铁蛋说过的海南旅游,想起铁蛋说过的公司和钢琴声,想起铁蛋说过带春玲去麦当劳。春玲敢断定,铁蛋从来没有离开过这里,铁蛋从来没有吃过麦当劳!

没有进屋去找铁蛋,春玲又坐了三天三夜的火车,回了家。

回家后,春玲写信给铁蛋:我想你了,回家吧!

一个月后,铁蛋带着大包小包回了家,当然,还带着一份不再新鲜的麦当劳。春玲让铁蛋吃,铁蛋说:"你吃,我在外面常吃。"

春玲含着眼泪吃完了那个叫"汉堡"的东西,一个小小的汉堡,要卖十块钱。吃完了,春玲说:"不如红薯粥好吃呢,怪不得你说吃腻了。"

整整一夜,铁蛋给春玲讲外面的世界,说自己的公司多好,说住的房子很漂亮……铁蛋一直说着阳光路十七号。春玲听着,在黑暗中流下了眼泪,最后,春玲握住了铁蛋的手,说:"因为有你,那条路才叫阳光路。"

春玲一直没有说去过阳光路十七号,那是她心底一个幸福而心酸的秘密……

(作者:雪小禅;推荐者:白淑贤)

(题图:安玉民)

至 诚 似 金

互相信赖,尊重,真诚相待——这才是真正爱情赖以建立的基础。

爱大山的女子

　　刚子和杜鹃是在县里举行的一次业余美术作品大奖赛中认识的,刚子的作品《黄河惊涛》得了一等奖,杜鹃的作品《泰山日出》得了二等奖,一来二去,两人就从画友发展成了夫妻。

　　其实两人都没去过什么名山大川,黄河和泰山也都只是在电视里看到过,所以结婚后,为了让杜鹃能在事业上有更大的发展,刚子便毅然放弃画画,去省城做木匠,把打工得来的钱除了留下极少给自己开销外,余下的统统都寄回来给杜鹃,让她尽量少操心生活上的事,一心一意学画画。每次刚子打电话回家都说:"我在这里很好,别惦记!"可杜鹃总是哭着说:"我一个人在家太寂寞了,你还是回来吧!"刚子就借口说:"那怎么行啊,我是和人家工程队签了合同的。"

刚子给杜鹃出主意,让她闲下来的时候去找画友一起切磋切磋画艺,多与别人交流,这对尽快提高自己水平肯定有好处。不久后的一天,杜鹃就打电话告诉刚子:"文化馆新来了一位姓韩的美术老师,听说他在搞讲座,水平很高,我想拜他为师。"刚子说:"好啊!既学画画,又充实生活,我支持你!"

此后,刚子就再也听不到杜鹃在电话里说生活寂寞了,她每天上午到文化馆上课,下午在家里画画,晚上或者看看电视,或者和画友们一起聚聚,刚子每个月都按时寄钱回家,杜鹃的生活无忧无虑。

年底的时候,刚子回家了。外出这一年,刚子赚了一万多元钱,除去两个人平时开销已经用了的,还剩余三四千元。刚子骄傲地对杜鹃说:"这些钱怎么花,你说了算!"没想到杜鹃却一点不兴奋,反而发愁地说:"我们最缺的就是房子,可是那需要好几万呢,这么一点钱也不顶用啊!"刚子笑了:"那是,那是。我的想法就是我先打工赚钱,将来你成了大画家,一幅画卖他个好几万,到那时候还愁房子么?别说房子了,汽车咱还得挑挑品牌呢!"

杜鹃不明白刚子怎么总是这么盲目乐观,她伸手摸了摸刚子的额头:"不发烧啊?你说什么梦话啊,像咱们这样水平的人外面不知有多少,许多美术学院毕业的高材生都一生默默无闻,你还真期望我能成为一个大画家?"

其实,刚子何尝不明白这个道理,说这些宽慰的话,只是想让杜鹃开心地画画,不想让她也被残酷的现实困扰罢了。不过,现在杜鹃说这些话是什么意思呢?莫非……刚子怯怯地问:"你该不会后悔嫁给我吧?"不想杜鹃却说:"不是后悔嫁给你,而是我后悔根本就不该这么早嫁人!"

刚子不是很明白杜鹃说这番话的意思,两个人在一起度过了一个沉默的夜晚。第二天清早,杜鹃起床后发现刚子不见了,直到吃早饭的时候才气喘吁吁地从外面回来。杜鹃有些气恼地问他："这么早你干什么去了，怎么也不说一声？"刚子扬了扬手里的两张火车票："赶紧收拾一下，我要带你去看泰山！"杜鹃吃了一惊："什么，看泰山？"刚子点点头："对。我想好了，你最喜欢的就是大山，这次我一定要让你看看五岳之尊是什么样子！"说完，他不待杜鹃再说什么，就催促动身。

三十个小时后，刚子和杜鹃已经来到了泰山脚下，他们不顾旅途的疲惫，立刻开始登山。到达中天门的时候，杜鹃忍不住问了刚子一句："你怎么想到要带我来泰山？"刚子"嘿嘿"一笑，说："我们出来的前一天晚上，你在睡梦里老喊'大山'，我就猜你肯定是画山想山，想大山想疯了，你想把钱用来旅游，可又不好意思说，所以我就独自拿了主意，不等你醒来，先去买车票。我想给你一个惊喜，怎么样，现在高兴了吧？"刚子眉飞色舞地说着，心里分外得意。

可是刚子只顾着傻乐，没发现杜鹃的表情在一瞬间凝固了！

杜鹃对刚子说："我实在太累了，你带上东西到前面等我吧，我想……独自在这歇会儿。"刚子奇怪地瞅一眼杜鹃，夸张地说了一声"遵旨"，就挎起背包出发了。待刚子走远，杜鹃向一个登山的小伙子借了部手机，拨通了号码："韩大山么？我是杜鹃。我们的事情我仔细想过了，我无法离开刚子，你也不要离婚了，我们到此为止吧！"杜鹃说这番话的声音很轻，然而语气却十分坚决。

（陶柏军）

（**题图**：安玉民）

15号，你在哪里

　　小王大学毕业后，进了一家电器公司当推销员。也许是初入职场吧，真感到有点力不从心。

　　这天，小王跟一位客商又谈得不太好，心里堵得慌，晚上躺在床上，翻来覆去睡不着。到了 12 点，手机突然响了，小王一看，原来是手机催费通知，心里不由更烦了：这家通讯公司半夜干什么呀？于是就拨通了手机人工服务，想在电话里狠狠发泄一通。

　　很快，一个很好听的女声在他耳边响起："现在是 15 号话务员为您服务。请问，您需要什么帮助？"

　　听到这么真诚悦耳的声音，小王想生气也生不出来了，嘴里支吾着："我……我……"

"先生,我能给您提供什么帮助吗?"话务小姐又重复了一句。

小王心想:我原本就没什么事啊,可是就这样挂了也太没礼貌了。他灵机一动,便说:"小姐,你的普通话说得很好,你能和我说会话、练一下我的普通话吗?"

话务小姐显然吃了一惊,她似乎想了一下,说:"我们不提供此项服务。不过现在业务不忙,我愿意帮助您。"

话务小姐如此热心,小王心头一热,说:"打搅你的工作了。不瞒你说,我现在睡不着,只想找人说会话。"

话务小姐很善解人意,说:"噢,那您是有什么烦心事了?"

想到自己工作以来的种种不如意,小王禁不住心酸地说:"唉,其实也没什么大事,只是觉得很累,觉得工作的压力太大,而且总是干不好。"

话务小姐在电话里说了一些安慰的话,虽然只是"要劳逸结合"啦、"要懂得休息"啦之类的套路话,但小王听来却觉得心里暖暖的,暂时也忘了自己不愉快的事,索性和话务小姐闲聊起来。不知不觉中,半个小时过去了,直到姑娘挂了电话,小王才发现自己没要姑娘的联系方式,心里后悔不已。

过了一天,又是夜里12点多,小王躺在床上闲着没事,忍不住又拨通了人工服务。很快,他耳边又响起了那动听的声音:"现在是15号话务员为您服务。请问您需要什么帮助?"

小王激动得"咚"地从床上坐起来,说:"你是15号?我和你打过电话的。"

那位话务小姐也听出来是小王的声音了,也笑着说:"您就是让我陪您练普通话的先生?今天什么事呀?"小王哪有事啊,只好说还想练练普通话,姑娘"扑哧"一声笑了:"那就练练呗。"

这次小王和话务小姐聊得更投机了,话务小姐还告诉小王,她每两天上一次夜班,想和她聊天就隔天过了夜里12点打来,她一准接电话。于是, 小王就用这样的方式和话务小姐打了好几次电话, 聊工作经历, 聊学习奋斗, 聊着聊着, 竟聊成了知心朋友。但小王问姑娘的联系方式, 姑娘却没有直截了当地告诉他, 只是说:"我是 15 号, 15 号是我的幸运号。"

打这以后, 尽管白天小王的工作很辛苦, 可是一到晚上他就很兴奋, 期盼着和 15 号打电话。

这天, 小王推算着日子应该是那位话务小姐值夜班了, 等过了 12 点就把电话打了过去。接电话的小姐仍然自报是 15 号, 然而小王却发现对方的声音变了。他顿时叫起来:"你不是 15 号, 我要的是你们前天在这里值班的 15 号。"对方一听, 忍不住笑出了声, 她告诉小王, 15 号是他们台里一个固定的工作号码, 不是专属于哪个人的。小王急得大声喊:"不行, 不行, 你去叫你们领导来。"

不一会, 电话里传来一个中年妇女的声音, 问小王有什么事, 小王说:"你们前天晚上的 15 号在哪里? 她工作这么热心负责, 和我谈心, 帮助我……"

只听电话那头一阵嘀咕声, 然后, 那个中年妇女开口道:"先生, 我们只有一个 15 号, 不存在今天和前天的问题, 而且, 台里也不允许员工在工作时间与用户聊天……"

听对方这么解释, 小王才意识到自己犯了一个极其愚蠢的错误, 是啊, 工作时间怎么能随便和客户聊天呢? 唉, 自己的一时冲动, 很可能要给先前那个 15 号带来麻烦。

果然不出小王所料, 第二天上班时, 他的手机响了, 是一个陌生的手机号码发来的短信, 小王打开一看, 傻了, 只见上面写着:我想帮帮你, 可你却害我失去了工作。署名是:恨你的 15 号。

小王内疚坏了, 为了解释清楚, 马上按号码拨回去, 可提示说对方不在服务区。小王不死心, 就一直拨, 一直拨, 可还是打不通。情急之下, 小王给 15 号工作台打电话, 问那个领导知不知道 15 号的联系方式,领导当然不能随便告诉他。

一连几天,那个先前的 15 号姑娘再没任何消息了,小王也不知道怎么才能找到她。到了晚上,没有了知心人交流,小王感到心里空落落的,真难熬。

一天,小王坐出租车,正好在车上听到电台有一个送祝福的节目,他心里一动,回家后就给电台打电话,说要送祝福给 15 号。在节目里,小王是这样说的:"15 号,对不起,请你原谅我,由于我的过失,让你失去了工作,也让我失去了你这个知心的朋友。我实在不知现在如何来打发自己那漫漫长夜,我渴望听到你的声音,并且真诚地祝福你未来的日子能够过得好……"小王心里明白,用这个办法来寻找 15 号可能是徒劳的,但他还是一遍遍地给电台打电话,希望 15 号能够听到。

一个星期以后。这天是星期天,小王起床不久,突然收到一条短信,上面写着:如果想要惊喜,请在上午 10 点钟到工人广场,头戴红帽子。谁发来的呀?是个陌生的号码。小王看看表,才 9 点,他猜想准是哪个同学又出新招了,反正自己也没事,于是抓了顶红帽子就出了家门。

10 点钟的时候,广场上人很少,小王东看西看,连一个同学的影子也不见,又等了等,还是什么动静也没有。小王纳闷了:是谁在和自己捣鬼呀?转了一圈,他猛然发现一个穿着花色连衣裙的姑娘,一直盯着自己看,姑娘长得很漂亮,一脸迷人的笑容,并且朝小王走来。

姑娘走到小王跟前,笑眯眯地说:"您好,您需要什么帮助吗?"

天啊,小王简直不敢相信自己的耳朵,她的声音是那么熟悉,那么好听!小王瞪大了眼睛,愣住了。

姑娘笑道:"我是 15 号。"啊,原来这位美丽的姑娘就是自己朝思暮想的知心人哪!

　　姑娘告诉小王,她叫白雪,她在和小王电话聊天时,就对小王有了好感,于是就记住了小王的手机号。那天她病了,没去上班,结果由于小王的电话,领导知道她在工作时聊天,尽管出于好心,但为了严肃工作纪律,让她下了岗。她当时非常恨小王,一气之下给小王发了条短信后,就换了手机卡。但后来听到小王通过电台给她的道歉和祝福,很感动,觉得小王的确是一个重感情的人,于是,今天就用这种方式,给了小王一个惊喜……

（史　达）

（**题图**:魏忠善）

墙上有个洞

　　老憨和柱子从小一起长大,如今又成了邻居,虽说两家仅隔一堵墙,可隔开的却是两重天:老憨长得实在对不起观众,看上去傻里傻气,三锤打不出两个屁,三十出头还是光棍一条;柱子却长得一表人才,聪明能干,娶了个如花似玉的小媳妇,日子过得红红火火。

　　不幸的是,柱子当新郎没几天,就生了一种怪里怪气的病,吃什么药都没用,人瘦得只剩一把骨头,半年后就一命呜呼了。临终之前,他给秀秀留下了一句话:"隔壁老憨会照看你的……"老憨和柱子情同手足,自然义不容辞,为柱子的丧事忙得团团转。丧事总算办完,老憨累得往床上一倒,脑袋还没挨到枕头,一个激灵又爬了起来:奇怪,床头上方怎么莫名其妙地冒出一个墙洞来?老鼠打的? 不像不像,老鼠只喜欢在墙角打洞呀!

　　老憨对着墙洞一看，惊出一身冷汗：墙洞正对着柱子的洞房，那个叫秀秀的新媳妇坐在床头呜呜咽咽地哭泣，贴在红纱帐里的"喜"字清晰可见……做邻居这么久，老憨还没敢正眼看过柱子的新媳妇，现在想怎么看就怎么看，尽可大饱眼福。秀秀真漂亮，就是哭的时候也楚楚动人，唉，可惜柱子没福气，让这么漂亮的媳妇独守空房。看着看着，老憨心里像爬进一条毛虫，咬得他浑身燥热。正想入非非，咚，脑袋碰到墙上，一下将他撞醒了——别说秀秀成了寡妇，就是成了老太婆，也轮不到你老憨！

　　这一夜，老憨翻来覆去睡不着，总觉得墙洞像一只眼睛，老盯着他看，看得他心里发毛。像谁的眼睛？对，像柱子的眼睛！不行不行，要是让外人知道，以为是我故意打的洞，那我不成了流氓？他没做贼心也虚，赶紧找来一只臭袜子，把墙洞塞上。

　　墙洞是塞上了，但肚子里的毛虫却时常咬啊拱啊，闹得他心里痒酥酥的，忍不住又想凑近那只臭袜子；更恼火的是，以前倒在床上什么也听不见，而今一倒下就听见隔壁传来各种诱人的声音：嗒嗒嗒、叽叽叽、吱吱吱……每一种声响都像美妙的音乐，能让人引起无穷的联想，哪还睡得成什么鬼觉？

　　这天晚上，从墙洞传来的声响格外动听：哗啦啦……哎，新媳妇在干什么？老憨止不住好奇，扯下臭袜子一看，眼珠猛然定住：秀秀赤身裸体，正坐在大木盆里，不紧不慢地洗澡！她洗得那么投入，一丝不苟，双手在玉体上搓来揉去，身上的水珠缓缓流下，在灯光的映照下像一粒粒珍珠……老憨头一次看到女人的裸体，啊，原来不穿衣服的女人更好看！

　　老憨正看得如痴如醉，一阵微风吹来，眼睛里吹进了一粒细沙，他一边揉眼一边想，女人偷看不得，会遭老天爷报应哩！什么时候弄点灰浆，把墙洞堵死吧，免得管不住自己！老憨正想塞上臭袜子，突然听见秀秀惊恐地叫了一声："谁？你是谁！"

　　老憨以为被秀秀发现了，吓得差一点滚下床来，可这一瞬间,他正好看见洞房门口出现了一个身影,噢,是村主任,挂着一脸淫笑……老憨刚落下去的心马上又提到了嗓子眼:这个老色鬼,这么晚了贼脚贼手摸来,一定没有好事!秀秀看清是村主任,从木盆里一跳而起,顺手抓起床头的浴巾,紧紧捂着胸口:"你……你想干什么?"村主任嬉皮笑脸地说:"小声点!莫紧张,我随便走走看看,看你一个人怪孤单的,就想关心关心群众。"

秀秀一步步往后退:"你莫过来!柱子死了还没一百天,你就想打歪主意……畜生!"村主任步步紧逼,垂涎三尺:"小美人,莫怕莫怕,我这是关心你嘛,不忍心看你独守空房,过来陪陪你……以后你有什么难处,一句话,天塌下来我替你扛着!"

老憨明白了,村主任色胆包天,图谋不轨!如果不是村主任,是另外一个人,老憨也许会挺身而出,来个"英雄救美人",可村主任是一手遮天的人物,老憨平时见了他就小腿抽筋,眼下哪敢用鸡蛋去碰石头?不过,别看村主任作威作福,见了女人就流口水,他也有短处——怕老婆,听见"河东狮吼"准吓得阳痿!老憨急中生智,跑到院子里抓起一块石头,朝隔壁的房门"咚咚咚"就是几下。这叫敲山震虎,严重警告:你已被发现,说不定就是你老婆跟踪你,看你怕不怕。果然,村主任很快就惊慌失措地跑出来,夹着尾巴溜之大吉了。

这件事之后,老憨改变了主意:墙洞不能堵死,这是一个观察哨,可以随时监视"敌情";任何好色之徒的阴谋休想得逞!如此一想,老憨的心里就坦然了,于是每天睡觉之前都要理直气壮地观察一番,啊,秀秀的睡姿真美,活脱脱一个睡美人!

有了这个墙洞,老憨的生活发生了神奇的变化,变得多姿多彩,有滋有味。一天傍晚,从墙洞里突然传来了"哎哟哎哟"的呻吟声,秀秀生病了?老憨"观察"后看到,秀秀有气无力地躺在床上,伸手去拿床头的水杯,一失手,叭,杯子摔碎了。看样子,病得不轻!老憨顾不得过多考虑,翻过院墙,背上秀秀就往卫生所跑……医生说,秀秀得的是急性阑尾,小手术,不过要是拖到明天,小病酿成大病,弄不好就有生命危险。

秀秀出院后,老憨顺理成章地当上了"男护士",尽管他笨手笨脚,但尽心尽力,恨不能摘下满天的星星煮给秀秀吃,让她补养补养身子。没想到,秀秀不但不感谢,反而提出了一个难题:"哎,你怎么会知道我病了?"老憨支支吾吾,想说谎话,可一张口却是实话:"我……墙上有个洞,我是从墙洞里偷看到的。"

这一来,秀秀不依不饶了:"啥,墙上有个洞?你是不是天天偷看?老实交代,你都偷看到什么了?"老憨无地自容,出了一头汗水:"我……偷看到你梳头、睡觉、洗澡,还偷看到村主任……那天,就是我朝你门上砸石头,才把村主任吓跑的。"

秀秀一点不领情:"看你平时老实巴交,原来一肚子坏水,竟然胆敢在墙上打洞,偷看女人洗澡,你这是……耍流氓!"老憨急得面红筋胀:"不不不,那个墙洞不是我打的,我该死……我不是好人!我改,马上改,我去把墙洞堵死……"说着,转身就要走。

秀秀一把拉住老憨,杏眼闪动:"话没说清,不许你堵!我问你,我的身子被你看遍了,你说,该如何赔偿损失?"糟了糟了,还要赔偿损失?老憨哭丧着脸,说:"我……没有钱。"

秀秀"扑哧"一笑,声音变得温柔多情:"你看了我的身子,就得为我负责,对不对?你没有钱,有……人。你是好人,我喜欢你……偷看我……"老憨再傻,也听出了"话外音",一时激动得手足无措:"你,喜欢我……偷看你?"

秀秀把头埋在老憨怀里,脸颊红得像个苹果,她想起了柱子在临终前说的那句话:"隔壁老憨会照看你的……"莫非这洞是柱子打的,是他打了洞要老憨"照看"我?

柱子在冥冥之中有意留下的一条红线,使秀秀终身有托了……

（吴 天）

（题图:黄全昌）

爱的就是你

　　孤山小学是全学区最偏远的小学,地处海拔一千多米的孤山半腰不说,还不通公路,上下得走一级一级石阶,生活极为不便。因此学校挂牌五年来,没有一个女老师,清一色四个男教员。日子过得实在太单调了,四个男教员便向校长吕祥和提出,今年无论如何得请学区派个女老师上来,如果她嫌条件差待遇低,他们自愿从自己的工资里每人挤出五十元来,发给愿意上来的女老师。吕校长以前多次向学区主任提出派一名女老师,学区主任非常重视,可就是派不动人。这回大家这么齐心,他觉得有把握了,自己也拿出五十元,不过他要求大家要严守秘密。接着吕校长跟大家告辞,下山往学区去了。

　　学区主任听吕校长一说,见孤山小学的决心这么大,要求这么强烈,就连哄带劝地将新分来的一个师范生派上了山。吕校长带着女老师上山时,被一个老师发现了,他们马上在校门口站成两排,等新老师一走进校门,他们就有节奏地鼓掌欢迎,弄得新老师面红耳赤,一个劲说"谢谢"。吕校长悄悄告诉他们:"你们不是嫌日子太冷清了吗?这回不会了,她是教音乐的,唱得一口好歌,以后我们学校天天在热闹中了。"

新老师姓杨,叫杨翠兰,她不但人长得漂亮,而且性格非常活泼大方,她上课教学生唱歌,下课就自己一个人哼歌,使学校增添了许多生气。她来以后,还悄悄改变了许多东西,比如江老师爱睡懒觉,现在不睡了;王老师爱讲脏话,现在不讲了。吕校长有一天夸她,说:"你比我校长还有本事呢!我批评他们不奏效,你一言不发,他们什么坏习惯都改了。"杨老师很不好意思,但还是开玩笑说:"如果学区年底把我们学校评为文明学校,这不是你校长的功劳?你就不要酸溜溜嫉妒我了。"

都还是年轻人,都不曾婚配,每天面对着这么美丽的女孩子,自然容易产生爱情。大家都喜欢杨老师,其中有两个老师把喜欢变成了暗恋。因为自卑,因为她是大家花钱请来的,才没有说出口而已。吕校长也爱上了杨老师,但同样的,这种爱也只能藏在心里,可偏偏杨老师也爱上了他。

一次吕校长下山采购东西,杨老师嚷着要跟他同去,吕校长拗不过她,就让她一路同行了。走到半路上,杨老师见四下无人,突然绕过他的身子走到前面,低下头说:"吕校长,我想跟你说一件事,你同意,就嗯一声,不同意,你就沉默,但是今后你要像什么都没发生过一样。"吕校长从她的神色中已经猜出她要说什么了,他的心"咚咚"跳起来。只听杨老师说:"我爱上你了,你呢?"吕校长没作声,一分钟、两分钟、三分钟过去了,沉默,还是沉默,杨老师心里的酸楚再也忍不住了,她蹲下去掩面哭泣起来……

从第二天起,杨老师像变了个人似的,除了上课教学生唱歌以外,下课她再也不哼歌了。四个男教员见她成了木头人,就关心地问道:"是不是吕校长欺负你了?怎么下了一趟山人就不对头了?"她尽管拼命地摇头,然而却止不住泪水直流。江老师从她的表情中看出了问题,忙把几个老师喊到一边,说:"你们看杨老师那委屈难受的样子,一定是吕校长不安好心,这次带她下山在路上欺负了她,她一个女儿家,又怎么好再说出口,我们找吕校长算账去!"他分析得有道理,于是四个男教员一起把吕校长围住了,直骂得他一佛出世,二佛升天。他们骂累了,吕校长才跺脚道:"你们为什么不听我说一句话再骂呢?事到如今,我只有实话实说了,我告诉你们,杨老师她说喜欢我,但我一个人不能独占她的爱,便狠心拒绝了。"吕校长说了这几句话,两个没有爱上杨老师的教师立即道了歉,两个同样爱上了杨老师的老师低下头,一脸尴尬和痛苦地走开了。

当天晚上,那两个没有爱上杨老师的老师就把真相告诉了杨老师。他们说:"吕校长也是希望我们每个人永远都高高兴兴,才狠心拒绝了你的。据我俩观察,江老师和王老师也爱上了你,你想想,吕校长能伤了他们的心吗?所以吕校长也是没办法呀,你就原谅他吧。"

杨老师非常感谢他们如实相告,两个老师走了不久,她就做好了下山的准备,天一亮,她就提起东西去向一个一个老师告别,她一脸悲伤地说:"我要走了,得不到吕校长的爱,我没有意思再呆在孤山小学了。"向所有老师告别后,她就毅然下山了。她向其他老师告别时,吕校长本来站在窗户边,看得清清楚楚的,原以为她还要向自己来辞行,谁知她正眼也未瞧他一眼就走了。想不到杨老师真的走了,其他老师心里顿时空落落的,忙跑去向吕校长报告,并要他去挽留她回来,他们说:"你接受她的爱吧,我们没有意见,那五十元钱,我们继续出。我们只有一个要求,你吕校长要好好待她,让她重新快乐起来,给我们学校带来生气。"

吕校长激动得不得了,说:"既然大家没意见,我就去把她劝回来。你们放心,我吕某人有了老婆,不会忘了你们的,下一步就帮你们一个一个解决问题。"说完,他感激地看了众老师一眼,撒开脚就往山下跑。

杨老师并没走远,她知道吕校长会来留她,就慢慢儿往前走着,见吕校长到了身后,她又故意加快了步子往前走。吕校长追上她后,一把抓起她的手,深情地说:"杨老师,我接受你的爱。你留下来,好吗?"杨老师喜极而泣,一头扑进他怀里,说:"我哪里想走啊,我这是用的激将法,就为了逼你说出这句话啊!"其实杨老师真的不想走,她提的几大袋东西全是废旧报纸,而真正用的东西全留在宿舍里……

吕校长结婚那天,学区主任来喝喜酒,他的礼带得非常重,除带了个大红包外,还带了两个女老师来。司仪请学区主任讲话,他开头的一句话就把吕校长和孤山小学的老师惊呆了:"今天,我来参加吕校长和杨老师,同时也是我的亲侄女的婚礼。孤山小学老师每人自掏五十元,向学区要求派一名女老师上山,给了我的灵魂以极大的震撼,恰好我的侄女师范毕业分到我们学区来,我派不动别人,只好让她上山了。她上来后,在工作中跟吕校长建立了感情,成了幸福的一对,我当叔叔的打心眼里感到高兴。今天我上山来祝贺他们的婚礼,没带什么礼物,就把每月从他们工资里扣的五十元退还给每个老师。我留着这笔钱,原打算给另外一名准备派上山的女老师的,现在用不着了,在得知我把自己的亲侄女派上山后,全学区的女老师觉得我杨某人还是大公无私的,于是纷纷报名要求上山来。由于受编制的限制,我暂时只批准了两位年轻女老师的要求,今天我就把她们带上山来了。从今以后,我想,我们孤山小学的各位老师,将再不会感到孤独了!"

他的讲话博得了阵阵掌声。他讲完话后,把大红包拆开,里面是五个小红包,他先给吕校长一个,然后给其他四个老师一人一个。可四个男老师拿到手里后马上又塞到了杨老师手里,杨老师不肯接,他们就都生气了:"这都是我们自愿掏的,就算是我们给的贺礼吧。"杨老师见实在推托不了,才收下了。

吕校长从来没有想到过自己的顶头上司会是这么一个好心肠的人,更不会想到自己娶的是他的侄女,于是端起酒杯,恭恭敬敬走到他面前,哽咽着说:"叔叔,于公于私我都要敬你一杯!于私,你支持你自己的亲侄女嫁给了我;于公,你又给我们派了两名女老师来,安定了人心,壮大了孤山小学的师资队伍。因此,我诚心诚意敬你一杯!"说完,就仰脖喝了,酒一下肚,脸全红了,真的是满脸的幸福和甜蜜!

(吴　为)

(题图:黄全昌)

潇洒跑一回

芙蓉村的交通客运比较发达,水上有机动客船,陆上有客运摩托轻骑队,但无论水上的还是陆上的,全是清一色男性驾驶员。

可近年来,芙蓉村却出了第一个客运摩托女骑手,这女子名叫杏园,高中毕业,身材颀长,面若桃花。她驾驶的那辆"双鹿"牌摩托车红绿相间,煞是漂亮,车前还插着一面小红旗,上面有她用五彩丝线亲手绣的五个字:潇洒跑一回。杏园的车好,人也漂亮,大伙都抢着搭乘她的摩托车,特别是那些青皮后生,更是竞相追逐。每当春种秋收的时候,那些想接近杏园姑娘的青年们便自备工具,络绎不绝地赶到她家帮忙插秧、割稻,而杏园总是客气地——将他们劝走。

　　但本村的两个青年张俊和王良,杏园却让他们留了下来。张俊住村东,生得高大英俊,能说会道,家里开了个预制厂,家境殷实;王良住村西,是村上的养鱼能手,为人忠厚。

　　村上人都知道杏园对这两个青年有点"意思",但事实上杏园看重的只是友谊,从不给他们肌肤之亲,因此,两个青年都感到意犹未尽。

　　这天夜里,张俊翻来覆去想了半夜,终于想出了一个抢先一步亲近杏园的办法。第二天一早,他便去村边公路候车,但刚出村,就看见王良也在路边等车。一会儿,就见杏园笑吟吟地从车棚里推出摩托车,冲他们笑笑:"二位去哪?"

　　张俊笑道:"去县城办点事。"

　　王良说:"我也是。"

　　杏园点点头:"二位上车。"

　　张俊动作敏捷,一抬腿便坐在紧挨驾驶员的位置,王良只好在张俊身后落座。

　　杏园知道张俊不老实,喜欢动手动脚,便笑笑说:"请二位换换位子——良哥坐中间,俊哥殿后。"

　　张俊叹了口气,只好不情愿地和王良换了座位。

　　两人刚刚坐稳,杏园便"吱"地一声将车开走了。约摸行驶了二十多分钟,天空忽然下起了毛毛细雨,冷风一吹,杏园不禁打了个寒噤。此刻,她很想让坐在身后的王良紧紧搂住自己,用体温暖暖她的身子,但王良没有,他仍在她身后正襟危坐,只是关切地说:"杏妹,我脱下衬衣给你披上吧!"

　　"不要……"

　　摩托车向前又行驶了一程,杏园忽然又打了个冷战,但王良还是无动于衷,杏园有些恼火,突然"吱"地一声停了车,冲着后座笑笑:"二位再换换座位……俊哥身体重些,坐在中间能起平衡作用。"

　　张俊一听不禁心花怒放,连忙和王良换了位子,紧紧挨着杏园坐下。车子刚刚往前一动,张俊便双手紧紧搂住杏园柔软的腰肢,杏园立刻感到一股暖流传遍全身。过了一会儿,杏园忽然感到张俊搂抱她的动作有些轻浮,便冷冷地说:"俊哥,请将手放在我肩上。"张俊正陶醉在一种如醉如梦的感觉之中,但他不敢不听杏园,只好恋恋不舍地将手松开了她的腰肢。这当儿,车子忽然拐了个弯,张俊故意将身子一斜,高声大叫:"杏妹子,你想将哥们摔死啊!"说着回头向王良看了一眼:"这样吧,为了安全,王良搂住我的腰,我还是搂住杏妹的腰!"

　　说话间,摩托车"嗖"地一声跃上了一条高高的河堤,堤边是一条人工大河,宽约百余米。眼下正是汛期,滔滔的江水打着滚,汹涌澎湃直奔洪湖。杏园正全神贯注地驾着车,忽然感觉张俊搂着她的手有些不安分,从腰间渐渐移至她的胸口。"俊哥,你老实点!"杏园警告说,但张俊的手仍放在她的胸口不肯挪开。杏园突然抽出一只手,"啪"地一掌打在他手上,但谁也没有料到,就在这一刻,车子骤然失控,只听见"轰"地一声,三人连车一起跃入奔腾的江水之中。

　　一个少年正在堤边放牛,见了这情形,连忙从牛角上拿下一只准备游泳用的轮胎,抛向江心。

　　在江水中挣扎的三个人立刻抓住了这救命的轮胎,但一只轮胎托负不起这三个年轻人,王良心一横,毅然将轮胎推给了他的两个伙伴,自己艰难地向一边游去。杏园和张俊凭着轮胎的依托,终于游到岸边,他们回头寻找王良,却发现王良早已被汹涌的江水冲走了。

　　"良哥——"杏园撕心裂肺地大喊着,急急向下游找去。

　　"王良——"张俊也边喊边找,但两人一直找到洪湖的入口处,仍没有见到王良的踪影……

　　王良死后不久,张俊从悲痛中恢复了过来,他"进攻"杏园的火力更猛了。杏园对王良的死十分悲痛,但人死不能复生,只好答应了张俊,经张俊再三请求,两人决定立即登记结婚。

这天一早,杏园驾车和张俊一起去乡里登记,晨光之中,忽然看见前面有个人向他们招手。杏园停下车细细一看,不禁大吃一惊:"你……王良哥……你是人还是鬼?"说着,直往张俊背后躲。对方却哈哈大笑:"杏妹子,你们都以为我死啦? 告诉你,那天我被江水冲出十多里,在洪湖中被一位渔民老伯救起……"

张俊将信将疑:"那……你怎么才回来?"

王良说:"我在湖心岛那老伯家昏睡了三天三夜才醒来,为了报答老人的救命之恩,病好后我又帮他编了十多天虾笼……你们这是……"

张俊笑道:"我和杏妹去乡里登记结婚。"

王良心里"咯噔"一跳:张俊终于抢先一步得到了漂亮的杏妹子……想到这里,他心里不禁有点隐隐作痛。

杏园看了看王良,又瞟了张俊一眼,说:"良哥是救命恩人,咱们赶快回家给他接风洗尘!"

张俊点了点头。三人回家后,杏园亲自下厨,张俊跑前跑后打杂……席间,王良叹道:"为了我,耽误了你们的好事,真不好意思!"

"不!"杏园冷静地说,"我所以这么快同意和俊哥登记,原以为你已经不在人世,既然你还活着,我得重新考虑。"

王良心头一热,"嘻嘻"笑道:"你这是可怜我哩!"随即他突然涨红了脸,吞吞吐吐地说:"对不起,我……我已另有所爱……"

杏园、张俊异口同声地问:"谁?"

王良红着脸说:"我在那渔民老伯家呆了一段时间,多亏他女儿柳霞精心照料,我们已经有了感情……"

杏园听到这话,突然伏在酒桌上哭了……

也许是受了刺激,杏园很快便和张俊登记结婚,但杏园婚后并不开心,时常叨念那个叫"柳霞"的姑娘,她心想:如果柳霞的容貌、人品胜过我,我也就认了;如果柳霞不如我,我咽不下这口气!存了这个心,杏园心里难以安宁,这天,她停了生意,一脚跨上自己的轻骑,飞快地开到洪湖边,然后上了一条直达湖心岛的客船,几经周折,终于找到了那位救了王良性命的渔民老伯。一见面,杏园就迫不及待地问道:"请问,是您救了王良吗?"

老汉笑眯眯地点点头:"正是,你找我有事吗?"

杏园说:"我想见见您女儿柳霞。"老汉忽然叹了口气:"王良那孩子没告诉你? 我无儿无女,只有一只叫柳霞的'八哥'陪我。"

话音未落,忽听见身边响起了一个清脆的声音:"小姐,你好! 我是柳霞!"杏园一眼望去,只见房梁上挂着一个精巧的柳条笼,里面果然有一只伶俐的小八哥。

杏园愣了片刻,随即她什么都明白了,"良哥——"她在心底里凄楚地叫了一声,两行泪珠沿着清秀的面颊滚落而下……

(张金阶)

(**题图**:俞耀庭)

永远的叔叔

哲野的父母都是归国学者,他们没有逃过那场文化浩劫,愤懑中双双弃世。哲野被发配去了农村,和相恋多年的女友劳燕分飞,从此孤身一人。直到35岁回城时,有一天,他在车站的垃圾堆边捡到一个女孩,就把她带回了家,还给女孩取了一个很好听的名字,叫"陶夭"。哲野让陶夭喊他"叔叔"。

童年,在陶夭的记忆里并没有太多的不愉快,只除掉一件事。那是有一天上学时,班上有几个调皮的男同学骂陶夭"野种",陶夭哭着回家,告诉哲野。第二天,哲野特意在学校大门口拦住了那几个男生,大声吼道:"谁说夭夭是野种的?"小男生一见高大魁梧的哲野,都不敢出声。哲野挥挥拳头:"下次谁再这么说,我揍扁他!"有个男生忍不住嘀咕一句:"她又不是你亲生的。"哲野牵着陶夭的手回头笑："可是我比亲生女儿还宝贝她。不信哪个站出来给我看看，谁的衣服有她的漂亮？谁的书包比她的好看？她每天早上喝牛奶吃面包，你们喝什么？"小男生们顿时说不出话来……大了以后，想起这事，陶夭总是失笑。

哲野是个建筑工程师，他风度翩翩，是个吸引女人眼球的帅哥。陶夭八岁的时候，哲野差点要和一个女人谈婚论嫁了，那女人很漂亮，可不知道为什么，陶夭总觉得她脸上的笑像贴上去似的，哲野在的时候，她对陶夭笑得又甜又温柔，而只要哲野不在，她脸上那笑就不见了。有一天，陶夭在阳台上看图画书，那女人问陶夭："你的亲爹妈呢？怎么不来看你？"陶夭呆住了，望着她不知道说什么好。她"啧啧"了两声，说："这孩子，傻，难怪他们不要你。"就在这时，哲野铁青着脸走过来，牵起陶夭的手，什么也不说就回了房间。从此，陶夭就再也没见过那个女人。

哲野有个好朋友叫邱非，有一天，陶夭听邱非问哲野："怎么好好的又散了？"哲野说："这女人心不正，娶了她，夭夭以后不会有好日子过的。"邱非叹了口气，说："你还是忘不了叶兰！"那时，陶夭才八岁，但她已经牢牢记住了"叶兰"这个名字。大了后，她知道，叶兰就是哲野当年的女朋友。

哲野一直和陶夭相依为命地过着日子。后来，陶夭考上了大学，因为学校离家很远，陶夭就住了校，周末才回家。回到家，哲野有时会问陶夭："有男朋友了吗？"陶夭总是笑笑，不作声，学校里倒是有几个男生总喜欢围着陶夭转，但陶夭一个也看不上。

陶夭二十岁生日那天，哲野送她的礼物是一枚红宝石戒指。这类零星首饰，哲野早就开始帮陶夭买了，哲野的说法是："女孩子大了，总需要有几件像样的东西装扮。"吃完饭，哲野陪陶夭逛商场，陶夭喜欢什么，他就买什么。

回校后，陶夭敏感地发现同学们在背后议论自己，当时也没往心上去，直到有一天，一个要好的女同学私下把陶夭拉住，问她:"听说你有男朋友了,而且年纪比你大好多?"陶夭莫名其妙。女同学说:"有好几个人看见的,你跟他逛商场,亲热得很呢!他们说,难怪你看不上那些穷同学,原来是傍了大款!"

陶夭略一思索,才发现他们指的大款竟是哲野,脸慢慢红起来。过一会,她笑道:"他们误会了。"陶夭没有向女同学解释什么,接下来就独自静静地坐着看书,可脸上的热却久久不退。

那个周末回家,陶夭发现哲野的精神状态非常好,走路轻捷生风,偶尔还听见他哼一些歌,倒有点像自己当初考上大学时的样子,陶夭猜想他一定是遇到什么喜事了。

又过了一个星期,陶夭接到哲野的电话,要她早点回家,和他一起出去吃晚饭。回到家,陶夭看见哲野在刮胡子、换衣服,不禁心一跳,问:"有人帮你介绍女朋友了?"哲野笑着说:"我都老头子了,还谈什么女朋友,是你邱非叔叔,还有一个也是很多年的老朋友,一会你叫她叶阿姨就行。"陶夭立刻就判断出,那个叶阿姨一定是叶兰!

去饭店的路上,哲野告诉陶夭,前段时间通过邱非叔叔,他和叶兰阿姨联系上了,叶兰阿姨的丈夫几年前去世了,这次重见,感觉都还可以,如果没有意外,他们准备结婚。陶夭不经意地应着,可渐渐却觉得脚冷起来,一股冷气直往上蔓延。

很快到了饭店,叶兰阿姨和邱非叔叔都已经到了,陶夭很客观地打量着叶兰阿姨,发现她微胖,眉宇间尚有几分风韵,和同年龄的女人相比,她无疑还是有优势的,但是跟英俊的哲野站在一起,她看上去却老得多。

叶兰阿姨对陶夭很好,很亲切,一副爱屋及乌的样子。

吃了饭回家,哲野问陶夭:"你觉得叶阿姨怎么样?"

陶夭说:"你们都计划结婚了,我当然说好了。"

那晚,陶夭睁眼至凌晨才睡着,第二天回到学校就病了,虽然发着高烧,但她撑着不肯缺课,终于栽倒在教室里。待醒来时,她已经躺在医院里了,哲野正坐在旁边守着她。

陶夭住院期间,哲野除了上班就是在医院,陶夭每一次从昏睡中醒来,就立即搜寻哲野,看不到他,心里就会觉得非常失落。陶夭听见哲野给叶兰阿姨打电话说:"夭夭病了,我这几天都没空,等她好了,我再跟你联系。"陶夭凄凉地笑,她多么希望自己能长病不起,让哲野天天守着自己啊!

住了一个星期医院,陶夭终于回了家,但哲野还不放心,特地在陶夭的房门口摆了张沙发,晚上就躺在沙发上,只要陶夭略有动静,他就爬起来问长问短。那些天,叶兰阿姨天天买了大捧鲜花和水果来探望陶夭,陶夭很礼貌地谢谢她。叶兰做的菜很好吃,但陶夭吃不下,早早地就回房间里躺下了。

晚上睡觉的时候,陶夭老做梦,梦见哲野和叶兰结婚了,他们都很年轻,叶兰穿着婚纱的样子非常美丽,而她自己在梦里充任的居然是花童的角色。哲野愉快地微笑着,可就是不回头看陶夭一眼,陶夭清晰地闻到新娘花束上飘来的百合清香……她猛地坐起,醒了。半晌,又躺回去,绝望地闭上眼睛。

黑暗中,陶夭听见哲野走进来,接着床头的小灯开了,他叹息着,轻声问:"做什么梦了?哭得这么厉害。"陶夭装睡,然而眼泪就像漏水的龙头,顺着眼角滴向耳边。哲野温暖的手一次又一次地去擦那些泪,可怎么也擦不完。

陶夭这一病,缠绵了十几天,等痊愈,她和哲野都瘦了一大圈。陶夭又要上学了,哲野说:"还是回家来住吧,学校那么多人一个宿舍,空气不好。"陶夭当时想都没想,就点头答应了。于是,哲野天天开摩托车接送陶夭上学,每到这个时候,陶夭的脸贴着哲野的背,心里忽喜忽悲。

以后,叶兰就再也没来过哲野的家。过了很长很长的一段时间,陶夭才确信,叶兰已经成为了哲野的过去式。

陶夭顺利地读完大学,顺利地找到理想的工作,原以为幸福就将来临，但上天却不肯给她这样的幸福。那天，哲野在工地上晕倒了，医生诊断是肝癌晚期。闻此消息，陶夭犹如晴天霹雳，以至于眼中竟然没有一滴泪水。她追着医生问："他还有多少日子？他还有多少日子？"医生说："一年，或许更长一点。"

陶夭于是便把哲野接回家，白天上班，她请一个钟点工看护哲野，中午和晚上，就自己照顾他。哲野笑着自责："看，都让我拖累了，本来你应该和男朋友出去约会呢。"陶夭就笑着说："男朋友？那还不是万水千山只等闲。"

每天吃过晚饭，陶夭和哲野出门散步，陶夭挽着他的臂。在外人眼里，这何尝不是一幅天伦图，只有陶夭，在美丽的表象下看得见残酷的真实，她清醒地悲伤着，她清晰地看得见她和哲野最后的日子在一天天飞快地消逝。

可哲野却依然很平静地照常看他的书，钟点工说，每天他有大半时间是呆在书房里的。陶夭也越来越喜欢书房了，饭后，她和哲野各泡一杯茶，相对而坐，看会儿书，下几盘棋，然后，陶夭就帮哲野整理他的资料。

哲野规定有一叠东西不准陶夭动，陶夭很好奇，终于一日趁他不在时偷看，那是厚厚的几大本日记。

"夭夭长了两颗门牙，下班去接她，摇晃着扑上来要我抱。"

"夭夭十岁生日，许愿说要哲野叔叔永远年轻。我开怀，小夭夭，她真是我寂寞生涯里的一朵解语花。"

"今天送夭夭去大学报到，她事事自己抢先，我才惊觉她已经长成一个美丽的少女，而我，垂垂老矣。希望她的一生不要像我一样孤苦。"

"邱非告诉我叶兰近况，然而见面并不如想象中令我神驰。她老了很多，虽然年轻时的优雅没变。她没有掩饰对我尚有剩余的好感。"

"夭夭肺炎，昏睡中不停地喊我的名字，醒来却只会对我流眼泪。我震惊,我没想到要和叶兰结婚对她的影响这样大。"

"送夭夭上学回来,觉得背上凉嗖嗖的,脱下衣服才发现湿了好大一片。唉,这孩子……"

"医生宣布我的生命还剩一年。我无惧,但夭夭,她是我的一件大事,我死后,如何让她健康快乐地生活,是我首要考虑的问题。"

陶夭捧着日记本子,眼泪"簌簌"地掉下来,原来哲野是知道她心思的,原来他是知道的。后来,那叠本子就不见了,陶夭猜想哲野已经将它处理了,肯定是哲野不想让陶夭知道他的心思,但他不知道,陶夭已经知道了。

哲野是第二年春天走的。临终,他握着陶夭的手说:"本来想把你亲手交到一个好男孩手里,看着他帮你戴上戒指……来不及了。"

陶夭微笑。陶夭在心里对哲野说:"你忘了,其实这戒指,二十岁时你就帮我买了。"

书桌的抽屉里有哲野一封信,简短的几句:"夭夭,我去了,可以想我,但不要时时以我为念,你能安详平和地生活,才是对我最大的安慰。叔叔。"

陶夭并没有哭得昏天黑地,此刻,她心静如水。

在哲野的书房整理杂物的时候,陶夭在柜子角落里发现了一个满是灰尘的陶罐,她拿出来,洗干净,见上面有四句诗:君生我未生,我生君已老。恨不生同时,日日与君好。

到这时,陶夭的泪,才肆无忌惮地汹涌而下。

（作者:陶　夭;推荐者:文　闻）

（题图:安玉民）

镶在身体里的定情物

　　那年,亚琴从军校毕业,分到南方某边防总队,边防部队工作高度紧张,因为要与走私贩毒团伙作斗争,防止违禁物品入境。

　　边境检查站连亚琴一起有六名女兵。值勤的时候,她们英姿飒爽,威风凛凛,丝毫不比男兵逊色;不值勤的时候,她们也像普通女孩子一样,爱聚在一起谈论男兵。

　　大家谈得最多的是朱炜。朱炜是侦察大队副大队长,是总队最帅最酷的男兵,有名的神枪手,总队的散打冠军,侦察和追捕能力一流……那时亚琴最大的愿望,就是能亲眼看到他。

　　直到三个月后的一天,中午亚琴不当班,正在宿舍前面的空地上洗衣服,有个姐妹突然碰了碰亚琴,说:"你不是总想见朱副大队长吗?他来了。"顺着她的目光,只见五个全副武装的男兵和一个西装革履的商人从宿舍旁走过去。亚琴的目光在那些男兵身上搜索，却并没有发现谁显得特别，倒是觉得那个商人气定神闲，气质不凡。

亚琴遗憾地说了自己的看法，两个姐妹笑作一团，原来那个"商人"就是朱炜！因为身份特殊，他很少穿军装，总是根据工作需要打扮成不同类型的人，商人、大学生、知识分子、毒贩，不管他打扮成什么类型的人，都让人难辨真假。

亚琴第二次见到朱炜，是在一年以后。春节刚过，那天女兵们正吃午饭，突然接到紧急集合的命令。站长说，据可靠情报，有个贩毒团伙要在今天偷运毒品入境，除当班兵力继续在1号道值勤外，女兵们要立即赶往2号道和3号道增援打埋伏。

亚琴的任务是埋伏在3号道，在这之前，已经有侦察大队的战友埋伏在那里了，亚琴她们只是增援。

亚琴趴在灌木丛中一动不动，三个小时过去了，才望见边境那边有个人影跨过边境线，往亚琴这边走来。走了几步，那人突然朝亚琴这边开了几枪，亚琴立即举枪还击，双方展开了激烈的枪战。就在这时，一个人影扑过来，将亚琴压倒在地上，几乎是同时，亚琴听到子弹在身边"嗖嗖"飞过。亚琴推开那人，才发现，他是朱炜，他的手臂已经中弹，鲜血直流。原来对方早就有埋伏了，那人朝亚琴这边开枪只是试探，等亚琴的枪一响，对方埋伏的人就一齐向亚琴开枪了，是朱炜救了亚琴一命。

朱炜拉着亚琴挪了地方，这时他的对讲机响了，是2号道那边打来的，说他们听到枪声，问要不要增援。朱炜说："千万别过来，他们开枪的目的就是故意要分散你们的注意力。"

果然，没过多久，2号道那边抓住了4名毒贩子和两头驮毒品的毛驴。

那一次，亚琴以为会受到纪律处分，但站长只是在开会的时候将亚琴狠狠批评了一顿。会后才知道，总队本来是要给亚琴处分的,是朱炜为亚琴辩解,说亚琴开枪还击并没有错,只是因为缺少经验,中了对方的诡计。

亚琴跑到医院去看朱炜,看到他手臂上缠着绷带躺在病床上的样子,忍不住像个孩子似的哭了。朱炜却笑起来,说:"哭什么?这是好事呀!我早就想休假了。"

那段时间,亚琴每天都去医院看朱炜,接触得多了,发现他是一个很幽默的男人,擅长猜别人的心思。他说,要想当好一个侦察员,首先就要善于了解人。

虽然他这么说,但他看不透亚琴的心思,亚琴爱上了他。

到朱炜出院那天,亚琴知道,如果自己再不向他表白,以后就很难有机会了,所以低着头,结结巴巴地说:"朱炜,我……"这是亚琴第一次叫他的名字,以前亚琴都是叫他"副大队长"。

朱炜递过来一个袋子,说:"你想帮我提袋子对不对?那,拿着。"

亚琴接过袋子,张了张嘴,鼓起勇气说:"我爱你。"声音很轻,但很坚决。说完了,亚琴几乎不敢看他的脸。

朱炜明显地愣了一下,但他立即说:"亚琴,这是不可能的。"说完这句话,他头也不回地走了。

遭到朱炜如此直白的拒绝,亚琴很受伤。但亚琴心有不甘,她向姐妹们打听朱炜的个人情况,姐妹们告诉亚琴,朱炜28岁,以前是有个女朋友,是他读军校时的同学,但后来不知为什么分了手,以后朱炜就没谈过女朋友。

亚琴开始给朱炜写信,每半个月一封。前面的几封信都石沉大海,没有回音,直到寄出第五封信后,朱炜主动来找亚琴了。他将亚琴带到公路旁的树阴下谈话,也就是那一次,他告诉亚琴,他与以前的女友分手的原因。他的女友不要他在边防总队当侦察员,说那样太危险,而女友的父亲是个军级首长,已经答应把他调到后方去,他没去,就这样,两个人分手了。他说,由那件事他想明白了,女孩子都希望有安稳的生活,而他的工作危险性太大,如果他与谁结婚,哪一天他光荣了,他就害了人家。所以他决定,没从侦察大队退下来以前,他不谈个人问题,请亚琴别在他身上浪费感情,浪费青春。

亚琴说:"可我不考虑这些,我爱你。"

朱炜摇摇头,说:"我不能不考虑。我要为爱我的人负责。"说完这句话,他走了,头也没回。

朱炜越是这样,亚琴越是铁了心爱他,亚琴觉得他是一个有责任心的人,这样的人,值得任何女孩子去追求。亚琴一如既往地给他写信。

这样又过了一年,那天是亚琴的战友张晓红生日,亚琴到她宿舍去送生日礼物,却意外地发现她在给人写信,亚琴只瞄了一眼开头,心里就一阵紧缩。信开头第一句就是:"朱炜,你好!"看到亚琴,张晓红有些慌乱,很快将信折起来,揣进了裤兜里。

亚琴这才发现,并不是只有自己爱上了朱炜。那段日子,亚琴痛苦不堪,再没给朱炜写过信。

过了不久,亚琴突然接到朱炜的一个电话,他说:"过一会儿,你能不能站在比较显眼的位置?"亚琴还没明白他话里的意思,电话就挂断了。亚琴打过去,对方的手机竟关了。

亚琴一直在琢磨朱炜这句没头没尾的话是什么意思。两个小时后,突然紧急集合,而且是由总队首长亲自给大家讲话。首长说,要去抓两个正在交易的毒贩子,但他同时严厉地告诫大家,不能真抓住他们,要让他们逃掉。没有命令谁也不能开枪,得到开枪的命令也不能打中那两个人,要往偏里打。

亚琴她们赶到离边境检查站十多公里的一个汽车修理站,在那里埋伏了起来。一个小时后,两个毒贩子出现了,亚琴惊讶地发现,其中一个竟是朱炜,她这才明白总队首长再三告诫不能击中毒贩子的意思,朱炜是在做卧底。

朱炜和那个毒贩子刚开始交易,亚琴她们就从围墙外探出头来,高喊:"不许动!"

朱炜掏出手枪,但亚琴发现,他举着枪有些犹豫。亚琴不知道他在犹豫什么,但一下子记起了他先前打给自己的那个电话,要自己站在比较显眼的位置! 亚琴直起身,露出上半身,向他高喊:"放下枪!"

朱炜很快瞄准了亚琴,没有犹豫,枪响了。亚琴只觉得右臂一麻,手里的枪掉到了地上,血,从她的手臂上流了出来。

枪响的那一刻,亚琴一下子明白了朱炜给她打电话的目的,她真真实实地感觉到,随着这一声枪响,她梦寐以求的爱情,终于来临了。

亚琴住进医院,医生从亚琴的手臂里取出了一枚弹头。总队首长到医院来看望亚琴,他们告诉亚琴,为了使朱炜卧底成功,他们向朱炜下达了命令,要他向战友开枪,打伤一名战友,以取得毒贩子的充分信任。亚琴将那枚带着自己鲜血的弹头攥在手里,心里是从未有过的温暖,亚琴明白,朱炜为什么向自己开枪,而不是向张晓红,不是向别人。

朱炜到医院来看亚琴,他捧着亚琴受伤的手问亚琴疼不疼。还说,因为亚琴受伤,才使计划成功,总队打算给亚琴记功。

亚琴对记不记功并不在乎,当一名边防军人总会有流血,甚至有牺牲。亚琴明知故问:"你为什么选择向我开枪?"

朱炜轻轻地抚摸着亚琴手臂上的伤口,说:"因为,我只能牺牲我的亲人。"

亚琴笑了:"我是你的亲人吗? 难道我是你的妹妹?"

朱炜摇了摇头,双眼直视亚琴,说:"不是,你是我的爱人。"

那一刻,亚琴的泪汹涌而下。

(作者:方冠晴;推荐者:林　天)

(题图:安玉民)

心 灵 碰 撞

两颗相爱的心灵自有一种神秘的交流:彼此都吸收了对方最优秀的部分,为的是要用自己的爱把这个部分加以培养……

好想亲亲你

二牛和村里的伙伴一起在离家乡很远的外地煤窑干活,每晚从窑坑出来,冲个澡后,他们都要聚一聚,"七荤八素"的话题扯一扯,寻个开心。

这晚,二牛收工迟,从窑坑出来,草草洗个澡后,就忙不迭地往黄大头宿舍赶。他为啥这么急火?原来大头前些天回了趟老家,今天刚回来,不用说,一定带回不少家乡的消息。

二牛三步两步赶到大头宿舍门口,只听到里面传出一阵嘻嘻哈哈的笑声,他正要一脚跨进去,突然听到大头在里面说了句什么,别的没听清,但"四妞"两个字是清清楚楚的。二牛一个激愣:四妞是自己的老婆呀,她出了什么事?

只听大头说:"……谁也猜不透她房里的男人是谁,那男人声音虽然故意变了味,可也黏糊着呢,'四妞,我好想亲亲你……'"大头说到这里,大伙笑成一团。

接着二牛就听到有同伴插嘴:"这男人莫不是刘村长吧?这小子前年才死了老婆,嘿嘿,一个孤男,一个寡女……"

只听大头朝他"嘘"了一声:"你说归说,不过二牛还蒙在鼓里。你们给我记住了,说笑过后,千万别把这事抖给二牛,他可是头犟牛,惹翻了,天都要被他戳个窟窿!"

二牛听到这里,肺都要气炸了:自己拼着命在这里挣钱,还不是为了让四妞在老家把日子过好点?唉,年头四妞过生日,二牛还狠狠心,专门请假去城里给她买了个随身听寄回去,那玩意儿又能听磁带又能收广播,二牛就是想让四妞借这个东西打发打发他不在家的寂寞。没想这个臭婆娘竟然还是背着自己干下了偷人养汉的龌龊事。哼,还有那个刘村长,看上去挺热心的,原来也是一肚子坏水!

不过二牛虽有牛脾气,却也是个死要面子的人,他觉得自己再也没有脸面闯进大头宿舍去问个明白,于是扭转头就回自己住处,蒙上头在床上翻来覆去"烙烧饼"。第二天天没亮,二牛窝了一肚子火,没和任何人打招呼,就急匆匆往十里外的车站赶。他要回老家去探个究竟!他堂堂一个大男人,啥苦都能受,啥亏都能吃,惟独这样的羞耻不能容忍。过去,因为四邻之间只有刘村长家装有电话,二牛差不多每一两个月就会给刘村长家打个长途,让刘村长去把媳妇四妞叫来,和四妞说上几句贴心的话;临到要回家前,他也给刘村长招呼一声,说自己要回去了,让四妞到时候替他温壶暖酒、烧个热炕什么的。可眼下,二牛自然不会再往刘村长家打电话了,他要来个"突然袭击",捉贼捉赃,捉奸捉双嘛!

第二天天黑老半天了,二牛终于气喘吁吁地赶回了老家。村子里静悄悄的,二牛满腔怒火,径直往家门口走去。老远瞅去,家里竟然没有亮灯,二牛吃不准四妞是不是睡了,他放轻脚步,走到门口,发现大门虚掩着,山风一吹,竟然还吹开了一条缝。二牛心中的怒火更增添了几分:这女人,深更半夜不拴门,肯定是给那野汉子留着。

二牛决定将计就计,他轻轻推开门,径直向卧房走去,模模糊糊中,看到四妞侧身向里躺着。哼,这不分明是在等野汉子嘛!二牛心里恨恨地骂着。他正要扑上去揪起这女人狠揍一顿,就在这时,只听刚才他进来时那扇掩上的门"吱呀"一声又被重新推开了,接着传来"四妞——四妞——"的呼唤声。

二牛一听,这不正是刘村长那腻歪歪的声音吗?看来传言果然不假!哼,你小子偷偷摸摸来得正好,看我怎么收拾你。

不过二牛还算冷静,他觉得应该抓住更确凿的证据,所以脑子一个激灵,立即闪身躲进房里的大衣柜后。还好,四妞好像已经睡着了,二牛的举动并没有把她惊醒。

就见刘村长边喊着"四妞"边就靠了上来,蹲下身,伸出两只手,抖抖索索朝床上摸去。二牛实在看不下去了,攥紧拳头就要冲出来,谁知这时候却不料传来刘村长自责的声音:"四妞,你别急,快醒醒,都怪我一时口没遮拦,太大意了……"二牛顿时听糊涂了:刘村长说这话是什么意思?他脑子还没转过弯来,刘村长已经背起四妞冲出了门外。二牛急了,突然意识到:四妞会不会是生了什么病?他正想吆喝一声,让刘村长放下自己的媳妇,偏巧屋外冷风一刮,就听到四妞断断续续的声音:"他……他怎么了……快让……让我见见他……"二牛更加纳闷了:四妞想见谁?她到底和谁搭上了?二牛的脑子里绷紧一根弦,他决定暂不出声,紧跟在刘村长身后,想弄清这到底是怎么回事。

只见刘村长抱着四妞朝村口公路走去,不大一会儿,跟在后面的二牛就隐隐约约看到公路上停着一辆小三轮,这不是刘村长家的车吗?只见刘村长把四妞抱上车,叮嘱道:"四妞,你喜欢他,他心疼你,老天会成全你们,不会有事的。嗨,我这就送你去见他!"

这是说给哪个野汉子的话? 二牛实在忍不下去了,"噌"一下蹿到车前,又起腰,大喝一声:"姓刘的,老子不在家,你就这么勾引别人的媳妇?"

借着车灯,刘村长一看站在面前的是二牛,突然愣住了,惊叫道:"二牛,你是人是鬼?"二牛真是气不打一处来:"老子啥时候变鬼了? 做鬼的是你!"

就在二牛摩拳擦掌的时候,车上目瞪口呆的四妞"嗵"跳下车,跌跌撞撞地扑向二牛:"二牛,你真是二牛吗?"二牛后退一步,气鼓鼓地说:"我不是二牛,我还真成鬼了?"

刘村长看到这一幕,拍拍脑门,走到二牛跟前,叹口气说:"咳,二牛,你怎么半夜三更突然回家了? 我家有电话,你咋不提前说一声,你害得大家好苦哇!"

二牛牛眼一瞪:"咋啦? 我要是提前招呼,能看到你们见不得人的这一出吗?"

刘村长摇摇头:"二牛,你误会啦! 你自己也不想想,你又不是三岁小孩,你不给我家挂电话也就罢了,你突然回家,为啥不给大头他们说一声? 你晓得吗,昨天你那个矿洞出事,窑塌了,大头他们找你都找疯了!"

"什么……"二牛顿时倒抽了一口冷气,浑身一颤,此刻,他才分明感到四妞紧抱着他的身子,如同筛糠一般在簌簌发抖。

刘村长又叹了口气,继续说:"等到今天,他们感到希望越来越小了,不敢再隐瞒,大头打电话来让我通知四妞。也怪我,一着急就直接把这消息说了,四妞刚听了两句就晕过去了。幸好我家有个小三轮,我就赶快回去把小三轮开到公路边,想先把她送到县医院治治,再一起搭班车去你们矿上。"

"我……我……"二牛不知道竟是这么回事,一时不知说什么好。四妞推了他一把,说:"二牛,咱们快去刘村长家打电话,给矿上大头他们报个平安吧!"

"对,快给他们报个平安!"刘村长一步蹿上小三轮,载着四妞和二牛来到自己家里。二牛拿起电话就要拨,四妞按住二牛的手说:"二牛,你等等。"她边说边从衣兜里取出一个黑色的小玩意儿,"让我把你今天的话录下来。死里逃生,今天这时候说的话一定特别有意思。"

二牛诧异地看着四妞,这个精巧的玩意儿不正是年头四妞过生日时自己寄给她的礼物吗?怎么这小东西还能录人说话的声音?四妞看到二牛不解的神情,笑了:"说你马大哈吧,自己买的东西,有多少用场都还搞不清楚!告诉你吧,它其实是一台微型收录机,不光能收音,还能录音,你每次在电话给我说的话,我都录着呢!不信,放一段你听听。"

四妞鼓捣了一会儿,那小玩意儿里很快就飘出一段酸酸的说话声音:"四妞,你想我吗……"二牛顿时被闹了个大红脸,他尴尬地看着站在一边抿嘴直乐的刘村长,一把按住收录机:"四妞,别,别,快……快关掉……"

四妞推开二牛粗大的手:"不,我四妞就想听。我在家里闲下来的时候,就常听听你在电话里说的这些悄悄话。你个死鬼,为啥一个月才说一回呢?"四妞说着说着,眼圈红了,"今晚你捡了一条命回来,我不怕当刘村长的面,我就想听,就想听……"四妞一边说,一边眼泪"吧嗒吧嗒"直往下掉。

她把收录机的音量调得更大了,在山村寂静的夜色里,到处都是二牛响响亮亮的声音:"四妞,我好想亲亲你……"

(吴相阳)

(题图:魏忠善)

恨你不容易

　　阿乔这阵子倒霉透了:因为拿不出三千元钱,跟自己处了三年的对象田丫硬是被她爹逼着嫁给了山下开矿的长春家。娘因此气得大病一场,阿乔请医买药地给娘治病,等娘的病好了,家里的钱也差不多花光了。看看空空如也的屋子,看看娘骨瘦如柴的身子,阿乔恨死了田丫。

　　这天中午时分,阿乔在外面打零工回来,进门就和一个人撞了个满怀,对方"扑通"一声坐在了地上,阿乔也被撞得眼前金星直冒。谁呀? 阿乔揉揉眼睛一看,愣住了:竟是一个身穿灰布袍、头戴灰布帽的小尼姑。那小尼姑慌慌张张地扫了阿乔一眼,赶紧从地上爬起来,扭身就走。

　　阿乔一眼瞥见小尼姑帽子下的一缕长发,一把冲上去抓住她的衣领："你往哪跑？"小尼姑挣了几下没挣脱开，只好站下了，低着头一句话也不说。

这时，阿乔娘听到声音从屋子里蹒跚着走出来，见儿子这副凶巴巴的样子，赶紧叫他放手。娘对他说："小师傅是为修观音庙来化缘的，你怎么能这么对她？"

阿乔冷冷一笑，问娘："你给她钱了？"

娘点点头："给了，我给她一元钱，尽尽心。小师傅非但不嫌少，还主动说要给你消灾哩！"

阿乔急着问："她让你拿东西给菩萨上供没有？"

"拿了呀！"娘挺纳闷，"你怎么知道？我把你这些天打零工挣下的150元钱都给菩萨供上了，用黄纸包着压在你炕褥子底下。"

阿乔急得一跺脚："娘，你快去看看，那钱还在不在？"

"不能看的，"阿乔娘说，"小师傅说了，一看就不灵了。"

"娘啊！"阿乔大喊一声，"娘，你上当了，他们这种骗人的办法报纸上早就登过了。"说到这里，阿乔一把拉下小尼姑头上的帽子，一头乌发顿时就披散下来。

阿乔娘这才慌了神，抖抖索索地返进屋里，一看，立刻急得哭叫起来："作孽呀，你这个闺女干啥不好，偏偏要干这种伤天害理的事呀？"

小尼姑见事情瞒不下去了，"扑通"一声就跪在了阿乔面前："大哥，是我不对，求求你放了我吧，以后我再也不敢了。"她边说边从衣兜里掏出那个黄纸包，递给了阿乔。阿乔打开一看，就是那150元钱，这才松了口气。

小尼姑拔腿要走，阿乔猛然心里一动，说："让你走也行，可你得先给我办件事儿。"

"什么事儿？"小尼姑疑疑惑惑地问。

阿乔诡秘地一笑，说："待会儿我领你去一户人家，你把他们家里的钱弄出来,咱们二一添作五,怎么样?"

"那……他们那家人好糊弄吗?大哥,你别是把我往火坑里推呀?"

"哪能呢!今天那家人男的都到矿上去了,只有一个叫田丫的女人在屋里,她不像你,胆儿特别小。他们家钱多,不像我们家,穷得叮当响。"

小尼姑一听,赶紧站起身,整了整衣服,从地上捡起刚才被阿乔扔了的帽子,重新戴好,就跟着阿乔向山下走去。

走到离那个开矿的长春家不远的地方,那里正好有一片树林子,阿乔停了下来,指着前面的房子,对小尼姑说:"看到没有,那座最高的砖瓦房,黑漆大门的那幢就是。你甭怕,这时候上工的上工,下地的下地,村里没几个人。我在这儿等你,你可别跟我要心眼儿,要不我可不会放你第二回。"

小尼姑点点头,便向长春家走去,阿乔远远地盯着。

敲开了门,果然田丫那张让阿乔又爱又恨的脸从门里探了出来。只见小尼姑和她说了几句,于是田丫就把小尼姑让进了屋。大约过了半个钟头,她又把小尼姑送了出来,可谁知小尼姑没有按阿乔事先的约定回到阿乔这边来,而是飞快地向长春家屋后的山上跑去。

"想跑?没门!"阿乔狠狠地朝地上啐了一口,立刻抄近路把小尼姑给截住了。他没料到小尼姑此刻一点也不怕他,手里也不知怎么多了一只手机,得意地朝他晃着。

阿乔正要开口问什么,突然觉得脖子一凉,转头一看,一个高大的汉子正把一把匕首横在他的脖子上:"你小子胆够肥的,就你这德性,还想黑吃黑?要不是我妹子偷着设法给我打电话,这会儿还真让你给吃上了。说吧,你打算分多少?"

阿乔的脸"刷"地白了。

小尼姑兴高采烈地在一旁看着,忍不住从衣兜里掏出一个黄纸包,高兴地对汉子说:"哥,这家那女的果真好骗,我三句两句一说,她就被蒙住了。我让她把他们家最贵重的东西拿出来供菩萨,她真信了,还非要自己亲手包了才行,弄得我差点儿连调包计都使不上。临走,我故意关照她这东西必须放三天才能归了原位,她就真像捧着个神灵似的。你说她这样子傻不傻?"

"哈哈哈哈!"汉子听了一阵浪笑,那笑声就像一把刀子捅在阿乔心上,想起以前和田丫相处的日子,阿乔在心里狠狠地骂自己混蛋,怎么竟会想出用这种馊主意去伤害田丫,自己的良心真是被狗吃了。

此刻,这边汉子浪声大笑,那边他妹子已经在拆黄纸包了,两个人都迫不及待地想知道田丫究竟在纸包里包了多少钱,或者金银首饰之类。可是等他们把纸包打开,那汉子气得一脚就把阿乔踹倒在地上,随后拉起他妹子骂骂咧咧地掉头就跑。

怎么回事?阿乔忍痛从地上爬起来,捡起被撕坏的纸包一看,愣住了:纸包里是他熟悉的那方绣着一对鸳鸯戏水的红纱巾,纱巾里还裹着一张照片,正是自己当初送给田丫的那张。

"田丫,我的田丫!"阿乔大喊了一声,抱着头跪在地上,朝着那座青瓦房号啕大哭起来……

(邢　东)

(题图:王申生)

老公不在家

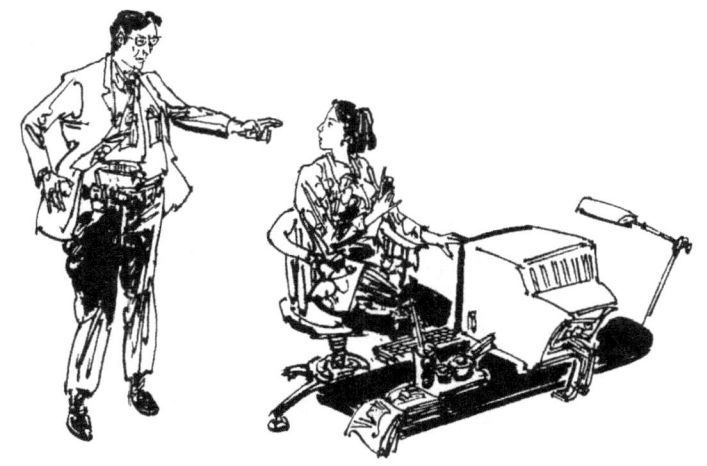

　　晶儿和大李刚结婚两个月,大李就出差了,一去就是个把月,虽然大李每天都有电话来,但都是短短几句便撂下了,说是省电话费。

　　这天晚上,接完大李应付公事般的每日一电,晶儿满心的不高兴:谈恋爱时,哪个电话不是一二个钟头,现在可好,刚度完蜜月,就开始省电话费了。哼,你那头省电话费,我这边就偏开电脑上网聊天,看你怎么着。

　　晶儿赌气地上了网,进入了一个"有空来坐坐"的聊天室,给自己随便起了个网名"老公不在家"。

　　刚进去,便有人跟她打招呼:"嗨,你好! 你为什么剽窃我的创意?"

晶儿一看，竟是一个叫"老婆不在家"的家伙。"同是天涯沦落人，相逢何必相煎急。"晶儿是中文系的才女，迅速地对答起来。

"安得浮生半日闲，何来天涯沦落人？"那边也立刻回应。

晶儿一看，还算有点文才，便和他唇枪舌剑、你来我往地聊了起来，等到晶儿下线，已经是半夜一点了，两个人约定明天再在聊天室见。

第二天，两个人如约而至，从时事到文学到婚姻家庭，聊得非常投机，如此下来，两个人几乎天天网上见面，成了无话不谈的知心朋友。

"老婆不在家"告诉晶儿说，他老婆是个记者，长年在外，两个人难得相聚，自己是个坐办公室的，有的是大把大把的时间，不喜欢扎堆喝酒，只喜欢看书听音乐上网。

晶儿也告诉对方，自己老公是个业务经理. 也是经常出差，两个人就靠个电话联系，结婚前老公捧着手机打到烫耳朵，结婚后就不同了，通个电话就好像有人在后面追杀他似的。

"老婆不在家"开导晶儿说，男人都是这样的，这并不代表他不爱你了，结婚和恋爱是两码事. 你必须做好角色转换。

晶儿对"老婆不在家"的话将信将疑，但毕竟释怀了不少，接老公的每日一电时，便多了几分温柔，少了一些怨尤。

这天，两个人又在网上按时见面了。"老婆不在家"告诉晶儿说："后天，我老婆就要回来了。"

"你好幸福啊，"晶儿羡慕地说，"我老公还得好几天才能回来呢，好好陪陪你老婆吧！"

"是呀！""老婆不在家"说，"哎，对了，我要穿我老婆给我买的 Lee 牌牛仔裤去接她，可今天我发现拉链拉不上了。"

"这不难。"晶儿热心地建议他，"家里有蜡烛吗？用蜡烛打打拉链试试。"

"好,我试试吧!""老婆不在家"挺感激,"嗨,你能不能给我你的电话号码,我没有别的意思,就是想听听你的声音,和我想象中的有什么不同?"

"这不好吧? 网络是虚拟的,相逢又何必相识呢!"

"我们又不见面,听听声音也没有什么,你觉得不方便吗?"

晶儿觉得自己不能太小气了,想了想,便把自己的手机号码敲给了他。晶儿留了个心眼. 没有给他家里的电话号码. 毕竟是没有见过面的网友,谁知道对方究竟是什么人哪!

"那明天我就不在网上和你见面了,我打电话给你。"

第二天晚上,晶儿吃过饭,收拾停当,便打开电脑,边浏览新闻边等"老婆不在家"的电话。手机响了,电话那边是好听的男中音:"你是'老公不在家'吗?"

"你是'老婆不在家'吗?"

"你的声音和我想象中的一样。"

声音谋面的感觉和网络文字见面的感觉到底不一样,两个人喜滋滋地聊了起来。

晶儿问:"你老婆回来了,我们还能上网聊天吗?"

"怎么不能?""老婆不在家"说,"也许我老婆会和我一起和你聊呢! 你们俩性格挺像的,肯定合得来,改天我介绍你们认识!"

突然,晶儿就觉得没话说了,便没话找话地问道:"你的裤子拉链修好了吗?"

"对了,我正要谢谢你,你的办法真管用。"

两个人又东拉西扯了一会,便挂了。

晶儿站起来. 转身去洗手间,却突然发现门口站了个人,吓了一跳,再一看,原来是大李回来了。

"你怎么提前回来了?"晶儿又惊又喜,却见大李铁青着一张脸,胸膛起起伏伏。

"你都听到什么了?"晶儿不安地问,"你得听我解释。"

"你还解释什么?那个人是谁?什么裤子拉链?我真不该回来,我怕你一个人在家寂寞,紧赶慢赶把事情赶快处理好,没想到你竟然背着我找野男人。"大李是个火暴脾气,一气之下便有些口不择言。

晶儿一听就知道大李该听的没听见,不该听的却听见了,便忙不迭地解释这是个网友,还打开电脑让大李看。可大李一看晶儿的网名,气更不打一处来:"我真没想到你竟是这样的人,老公不在家,你就红杏出墙。"他气呼呼地抱着被子,到客厅睡沙发去了。

晶儿急了,打开手机查对方的号码,打过去,占线,占线,看来"老婆不在家"在上网,想给他发邮件求助,又觉得很荒唐。唉,现在大李正在气头上,等明天再和大李好好解释吧!

第二天,等晶儿起床,大李已经去上班了,等晚上大李喝得醉醺醺地回来时,晶儿已经睡了。

如此冷战了两天,晶儿觉得这样下去可不是个事,便决定向"老婆不在家"求援,让他给大李解释清楚,可打电话没人接,发电子邮件没有回音,也许是陪着老婆出门了吧?

晶儿突然就气得不行:凭什么根据一句话就这样对我啊?你一天到晚尽在外面忙,我上网聊个天,有什么了不起!我没做亏心事,不怕鬼敲门。晶儿一气之下,也懒得给大李解释了。

这天,大李下班得早,仍是阴沉着一张脸,对晶儿说:"我的一个同学大陈出车祸,骨折了,你收拾收拾,一起去医院看看他。"

晶儿懒得多问,既然是大李的同学,去看看也是应该的,于是就跟着大李去了。

到了市立医院骨科病房606,见2床一条腿吊着,大李迎上前去,老同学见面分外亲热,大李给大陈和晶儿互相介绍后,和大陈聊了起来,晶儿在一旁呆坐着,也插不上话。

这时,只听病房外响起了"笃笃笃"清脆的高跟鞋撞击地面的声音,越来越近,不一会儿,一个漂亮的气质不凡的年轻女子手提一个皮包走了进来,原来来人是大陈的妻子陆小雨。

四人互相介绍后,只见陆小雨打开皮包,拿出一个纤巧的笔记本电脑,对大陈说:"你这腿呀,起码还得在医院呆上个把月,我给你借了一个笔记本电脑,你可以通过手机上网,我过两天又得出差,让它陪你吧!"

大陈大喜,连声说:"快打开,我试试。"陆小雨帮他连好线,打开。

大陈把笔记本电脑放在胸前,招呼大李过去,并对大李低声说:"我最近在网上交了个知心朋友,这两天一住院也没联系,看看她有没有给我发电子邮件。"

大李还没有用过笔记本电脑,很好奇地凑过去,眼见着大陈键入网名"老婆不在家",紧接着就看到了"老公不在家"发过来的两封电子邮件。一封是:"你我的通话引起了我老公的误会,焦点是裤子拉链问题,我们已经冷战两天了,希望你能想办法帮我解释清楚。"另一封是:"不想麻烦你了,如果夫妻间连最起码的信任都没有,这样的日子不过也罢。"

"唉呀,这可怎么好!"大陈叫起来,"小雨,你快来看,你还记得你给我买的那条 Lee 牌的牛仔裤吗?拉链坏了,我在网上请教了'老公不在家',结果……"

晶儿一听,像弹簧一样跳起来,大李一把拽住了她,脸上红一阵,白一阵。

这时,只见大陈又对大李说:"我在网上认识的这个朋友真不错,有才华,心地又善良,她很爱她老公,只可惜她老公忙着事业,很少和她交流,现在又闹出这样的误会,不知道他们两个现在怎么样了。"

突然大陈想起来什么,拿过手机,拨了一个号码:"我有她的手机号码,咦……关机了。"

大李这时攥紧了晶儿的手,晶儿会意地什么也没有说。

两个人告辞出来,一路无话。

回到家中,大李奔到电脑前,两只手在键盘上敲打着,晶儿站在一边看。

大李注册了一个"老公回来了"的网名,给"老婆不在家"发了封电子件:"谢谢你陪我老婆——'老公不在家'聊天,不过,今后你的机会不多了,我会让她的电话总占着线。"

晶儿含着眼泪笑了,大李转过身来,把晶儿揽在了他宽阔的胸怀里。

（冯　彦）

（**题图**：刘斌昆）

一言千钧

　　赵安和李珊是一对恩爱夫妻，美中不足的是，无论是婚前还是婚后，赵安从未喊过李珊一声"亲爱的"。为此，李珊心里总觉得缺少了一点幸福感。

　　本来，随着时间的流逝，李珊已经不把这点不快当回事了，可是自从不久前，他家对面住进一对中年夫妇以后，李珊心里又不平静了。为啥？因为那男的每天出门时都要对女的说："亲爱的，我走了。"回来时，又总是老远就喊："亲爱的，我回来了。"每一次，女的总是给男的一个温柔的微笑，那神态幸福极了。李珊每每看到这动人的情景，眼热得不得了，她觉得：一个女人如果一辈子听不到丈夫说一声"亲爱的"，将是人生一大缺憾！于是，她利用各种机会暗示丈夫，可赵安始终没有说出那三个令她怦然心动的字眼。李珊见丈夫死不开窍，越发不肯罢休，尤其是最近，她每天晚上都要躲进卧室梳妆打扮一番，然后再坐在客厅里东一锒头、西一棒子地与丈夫搭话，赵安心里暗暗发笑：老婆，你这是何苦哇，如果我与你不是"亲爱的"，能钻一个被窝筒吗？何必一定要说出来呢？

这天傍晚，李珊跟往常一样，吃过晚饭又钻进了卧室，赵安则拿出在公司里没写完的建筑工程报告走进书房，准备开个夜班。刚写了两页，墨水没有了，再看看墨水瓶空空的，他想把这份报告一气呵成，只好到对面那对夫妇家里去讨点儿墨水。

赵安敲敲对面的门，没有动静，又敲了几下，也没人来开，门却被他敲开了一条缝，原来没锁。赵安向屋子里扫视了一眼，发现女主人正坐在里间的一张写字台旁，专心致志地写着什么，便走过去，轻声道："不好意思，打扰了，想向您讨点墨水。"女主人却站起身，微微一笑，说："对不起！"然后从写字台上拿起一张纸递给赵安，说："我的耳朵在一次意外事故中失去了听力，您有什么事，请写在纸上好吗？"赵安浑身一震，没想到女主人竟是一个聋子！

赵安刚回到自己屋里，就听见楼下传来上楼的脚步声，随即又传来那位男主人宏亮的声音："亲爱的，我回来了……"赵安的耳根突然有些发热，心有些乱，第一次觉得好像欠了妻子一点什么……

就在这时，李珊身挎小坤包从卧室里走了出来，赵安发现秀发披肩、略施脂粉的妻子，在柔和的灯光下，今天是那样地美丽迷人。不知怎么，他突然激动起来，一下握住妻子的手，张嘴便吐出一句："亲爱的，你真漂亮！"

李珊身子一颤，不相信自己的耳朵："你说什么？"

"亲爱的，你真漂亮！"

李珊又是一怔，两只眼睛里泪花闪闪，她一下扑进赵安的怀里,紧紧抱住他失声痛哭起来……

赵安抚摸着妻子馨香而熟悉的秀发,百感交集,他想不到一句话竟会让妻子如此动情!

然而,更令他始料不及的是,妻子停止抽泣后,向他吐露了一桩隐藏在心里的秘密。原来前不久,李珊在业务往来中结识了一家大公司的朱先生,这是一位各方面都非常优秀的中年男子,两人一见如故,无话不谈。最近几天,朱先生向李珊频频相邀,约她到市中心的"梦幻酒吧"去小坐片刻。李珊一直处在矛盾的漩涡中,总是梳妆打扮好以后,又下不了决心跨出家门。今天下午,朱先生又给李珊打电话,他说:"李珊,你来吧,只要你能在温馨的吧座里,听我说一声'亲爱的',我就心满意足了。"就是这几句话,竟令李珊泪流满面,她心一横,决定今晚无论如何也要赴约,她愿意为倾听一声"亲爱的"而付出代价。没想到,丈夫一句"亲爱的",又将她拽了回来……

赵安听罢冷汗涔涔,他终于明白:在爱情和婚姻的旅程中,"亲爱的"这三个字,不能轻易说出口,但也不是可以随便省略的啊!

(龙江河)

(题图:魏忠善)

无 心 插 柳

爱,是奇迹,是恩泽,就像自天而
降的甘露。爱情本身就是生命。

撒娇的新娘

　　苏珞是个乖巧的南京姑娘，每天除了上班就是回家，到现在连男朋友也没有谈过，可苏珞毫不在意，似乎已经习惯了她的单身生活。

　　这天苏珞下班很晚，路上几乎没有人了，她骑电动车刚上一座小桥，竟意外地被桥上的台阶卡住了，一时间上也上不得，下也下不得，苏珞费了好大劲也没能把车子挪动一步。

　　正在一筹莫展之时，苏珞忽然感到有人在后面猛推了电动车一把，回头一看，是一个瘦瘦高高的小伙子，苏珞心里一乐，赶紧在前面使劲儿，一用力，车子终于动了起来。

　　电动车上了桥面，苏珞正要向小伙子道谢，小伙子却冲她"嘿嘿"一笑，说："我帮了你一把，你该不会介意给我留个电话吧?"

看着小伙子期待而礼貌的眼神,苏珞不好意思不把自己的手机号码告诉他。

小伙子用手机储存了苏珞的手机号码,居然还不放心地试了试,听到苏珞身上的手机响了两声后,他才满意地冲苏珞挥挥手,笑着跑开了。

苏珞回到家,想着小桥上的事,正考虑着自己要不要换个手机卡,这时来了一个短信,她打开一看:小桥流水俏佳人,手机传情勿换卡!落款是:张研。

原来这个小伙子叫张研!苏珞忍住笑,当下回了条短信:意境虽有,浪漫不够;偌高个头,没有肌肉;若是有缘,传情亦可;若是无缘,不必强求。

张研很快回道:有缘无缘天注定,肌肉不够我锻炼,为求美女芬芳心,上穷碧落下黄泉。

苏珞看了忍不住笑了,但这笑容一闪即逝,她不禁想起自己十年前读高三时的那场初恋,当时她一心一意地爱着高大英俊的英文老师,并大着胆子偷偷地给老师写情书,正当她对爱情无限憧憬时,一个女人出现了,她拖儿带女地来到学校,自称是英文老师的妻子,不问青红皂白骂苏珞是第三者。这事情一时间闹得学校里沸沸扬扬,英文老师被迫辞职,苏珞后来也转了学,并且从此紧闭心扉,不言情爱。想起往事,苏珞刚燃起的热情顷刻之间化为乌有,她悻悻地将手机扔在了桌上。

可是,张研依然不厌其烦地每天发一个短信给苏珞,诉说自己一天的思念之情,还戏说自己在锻炼身体,体重每天都在往上长。苏珞不以为意,也不回短信。

星期天的中午,妈妈对苏珞说:"隔壁王奶奶的外孙这个月从上海来了,为了陪外婆,他特意在本市找了一份不错的工作。这小伙子人真不错,我前天买了两个大西瓜,正巧在楼下碰到他,他二话不说就帮我拎了上来……妈妈已经帮你安排好了,就在今天晚上,一起吃顿饭,和他见个面。"说着,妈妈又压低嗓门附着苏珞的耳朵,神秘地说:"我对王奶奶说你只有二十五岁,和她外孙同年龄,到时候你可别说穿了!"

苏珞听了,真是啼笑皆非,而且她一下子就觉得缺少了点什么,不时拿手机出来看,许久才恍然大悟,原来是今天没有收到张研的短信,心里空落落的。

晚上,吃饭时候,就有人敲门了,没想到来客竟是张研!张研身后,站着王奶奶。原来,张研就是王奶奶的外孙呀!

张研吃饭时不停地朝苏珞狡黠地眨眼睛,看来他早就知道苏珞是谁了。苏珞瞥了一眼张研,发现他真的比一个月前健壮了许多,看来他对自己是真用了心的。想到这一点,苏珞心里悄悄泛起一股暖流。

吃过饭,妈妈和王奶奶借故出去了,家里只剩下苏珞和张研两个人。苏珞并不想骗人,于是抢先说道:"我已经二十八岁了,只能当你的姐姐。"

张研坏坏地笑道:"我早就知道了。俗话说得好,'女大三,抱金砖'嘛!从小我就被妹妹烦透了,所以特别讨厌小女生!"说着,张研过来抓住苏珞的手,大胆地吻了一下,苏珞脸上不由一烫,忙低下头去……

两人确定了恋爱关系,王奶奶高兴地打电话告诉张研的父母,父母听了很开心,要张研把苏珞带回去给他们看看。于是趁着周末有两天休息时间,张研就带着苏珞来到上海家中。

张研的家是一幢别墅楼,保姆开门把张研和苏珞迎进客厅,苏珞看到一个贵妇人打扮的女人正背对着他们在逗一只小狗,一个体形富态的男人正全神贯注地在看着报纸。

张研高声喊道:"爸、妈!我们回来了。"

男人和女人一齐回头,苏珞只看了他们一眼,呼吸就顿时急促起来。是他！她的初恋！她的英文老师！天哪，苏珞不由眼前一黑，晕了过去。

醒来时，苏珞看到张研焦急的眼神，顿时泪如泉涌。看来，张研还不知道实情，而一旁，张父正铁青着脸在抽闷烟，张母则用鄙视且仇恨的眼神看着苏珞。

苏珞心一虚，慌忙闭上了眼睛。

张研见苏珞被吓成这样，气急败坏地冲父母喊道："我知道你们从前发生过的事，但我爱她！我要娶她！"

原来张研知道一切！苏珞软软地说了一声："我要离开。"

张研心疼地送苏珞回了南京。

到家后，苏珞把自己锁在房里，悄悄地收拾起几样东西。此时已是凌晨一点了，她悄悄地走出自己的房间，去看了看熟睡中的妈妈，然后强忍住眼眶里打转的泪水，努力使自己脚步放轻，走出了家门。

可是刚出门，她就撞到一个人，抬头一看，竟是张研。原来张研不放心苏珞，一直守在门外。他对苏珞说："我知道你会这样做。要走，我们俩一起走！"黑暗中，张研坚定的眼眸闪闪发亮。

苏珞不由心头一热。

凌晨三点，他们登上了去杭州的火车。

这时，张研的手机忽然响了，是父亲打来的电话："小研，我想了很多，这一切都是我的错，不关苏珞的事，当时我们什么事也没发生过，都是你妈妈小题大做，她在我口袋里发现了苏珞当时写给我的信，就以为天塌下来了……结果闹得满城风雨。当年，是我们伤害了她……苏珞是个好姑娘……你明白我的意思吧？"

张研接完电话，紧紧抱住了苏珞，苏珞知道好消息后也喜极而泣。但这时火车已经启动了，他们想下车回家却来不及了，张研便拨了个电话给王奶奶:"外婆,深夜把您吵醒,真不好意思,不过,我有好消息要告诉您。我和苏珞现在准备去旅行结婚,回来再补办酒席……您哭什么? 噢! 您高兴……外婆,我也太高兴了!"

苏珞听了张研的话,痴痴地看着他,眼中的泪水不断地涌出来,张研就不停地帮她擦。车上的乘客们见了,都会心地笑了——是新娘子在撒娇嘛!

(苏　克)

(题图:黄全昌)

隔墙有耳

　　任海今年都三十好几了，相亲了无数次，却没有一次成功，因为女方都被任海瘫痪在床的老母亲给吓跑了。

　　热心人又帮任海介绍了一位姑娘，名叫李丽。初次见面时，李丽便被任海不俗的外貌和极具磁性的嗓音给吸引了，而任海呢，哪里还敢挑人家？当下一见钟情。

　　任海这次学乖了，不敢和李丽提起家中瘫痪的老母亲，更不敢带她回家。为了方便谈情说爱，他特地从积蓄中拿出钱买了两部手机，一人一部用来联络感情。接过手机的时候，李丽高兴得在他的脸上狠狠地亲了一口。

　　当下两人约定，除了休息日见面外，每天发三个以上的短信。另外，任海还得每天给李丽一通手机语音留言，李丽说，这叫浪漫,别有情调。

这发短信倒好办,随时随地都行,可语音留言就不好办了。在单位留吧,人多声杂,说情话肯定不行;在家里留吧,老母亲虽瘫痪在床,可听觉十分好,再说万一谈不成,还怕她会跟着难过。

任海忽然想起一个地方,那是他每天上下班为抄近路所走的一条小巷。那条小巷地处偏僻,行人极少,而且两面都是两米多高的围墙,应该是说情话的最佳地方了。

于是任海每个工作日下班后,便躲在小巷的拐角处,给李丽打手机留言。

这天,任海又来到老地方,准备语音留言。他刚把自行车骑进拐角处,猛然发现前面站着一个人,他吃了一惊,连忙握住刹车,可是已经迟了,自行车前轮还是在人家身上擦了一下。"对不起,对不起。"任海连忙向人家道歉。也难怪,这么久了,他还是第一次在这里碰到行人。

他发现对方是个很漂亮的女人,自己的车轮刚好在人家的白裙子上留下一道泥印。女人见任海老是盯着她看,没来由地就红了脸,只见她一溜烟跑出了巷子,临走时还含情脉脉地看了他一眼。

任海看着女人漂亮的背影,一时呆住了。他记起了《西厢记》中张生唱的那一句"她临行秋波那一转",难道她喜欢我?但任海很快又自嘲地摇了摇头:她那么美,怎么可能看上我?还是乖乖地给李丽语音留言吧。

有爱的日子过得真快,转眼几个月过去了,任海和李丽的恋爱持续升温,亲朋好友都替任海高兴,看来这次谈婚论嫁是不成问题了。任海也觉得有希望,不过,他想来想去,觉得还是该告诉李丽实情,到时候是分是合,就随她决定吧。

刚好下一个礼拜天就是中秋节,李丽说要上门拜访,也可能是要探探虚实。任海想:与其等到中秋节,还不如提前告诉她,省得到时候摔门而去,伤了母亲的心。

这一次,任海又来到小巷拐角处,手机拿在手里,仿佛有千斤重,拨号的手竟然有些抖,他不知道等待他的是什么结局,自己会再次失恋吗？还是会有幸得到一个善良的妻子？任海决定不再语音留言,直接和李丽通话。

"喂？"李丽那柔美的声音传进他的耳膜。

"丽……我有话要对你说,你不要说话,只听我说！"任海觉得自己的声音特别干涩,"我老实告诉你吧！我家里有个瘫痪的老妈妈,如果你愿意接受她,我们就结婚,中秋那天你到我家来玩吧；如果你嫌弃她,那我们就只有分手,从此各走各路。"任海把家里地址告诉李丽后,就关上了手机。

两天后便是中秋节。任海有预感,李丽一定不会嫌弃他妈妈,中秋节这天一定会来的。这不,一大早,任海就开始在家里忙碌起来,他先是打扫卫生,接着去买菜,他还给妈妈换了一身新衣服,妈妈似乎觉察了什么,心情也不错。

中午到了,任海刚把最后一道菜做好,就听到有人敲门,他连忙去开门,只见李丽笑吟吟地站在门口,手里提着一盒脑白金。任海笑着责怪她："来就来呗,还带什么东西？"

"孝敬伯母的。伯母人呢？"李丽一进门就问老人,还真是个好姑娘。

"我妈在这个房间。"任海领着李丽进了任大妈的房间。

一开房门,李丽的鼻子皱了皱,大概是闻不惯病人的气味。当看见任大妈僵直的身体,她的脸色变了："怎么？你说的是真的,不是在试探我？"

任海听了这话,脊背上好像被浇了一盆冷水,一直凉到脚后跟："你什么意思？"

李丽一顿足,恼怒地喊道："神经病！难道要我一进门就伺候一个活死人！"说完,就摔门而去。原来李丽还以为任海是在故意试探她,结果发现任海说的都是真的,不由得恼羞成怒。不过,她很快又折回来,拎走了放在茶几上的那盒脑白金。

听着她高跟鞋踩在水泥地上的脚步声逐渐远去,任海颓然地把自己扔进沙发。他已记不清这是第几次这样失望了,他知道母亲肯定又在流泪。推开母亲的房门,他看到母亲眼睛里的绝望,深深的绝望。

正在母子俩黯然神伤的时候,忽然又有人敲门。任海十分疑惑,会是谁呢?难道是李丽回心转意了?开门后,任海愣住了,只见门外站着一位身穿粉色套裙的姑娘,她手里也提着一盒脑白金。

任海觉得自己好像在哪里见过这位美丽的姑娘?对了,是那次在小巷里遇到过的。她来干什么?那一瞬间,任海竟有些莫名的心慌。

看到任海直愣愣的眼神,姑娘显得有些手足无措,俏脸上很快飞起两朵红云。"怎么,不请我进来吗?"她柔声地问。

任海不由自主地往后退了退,说:"请问你是……"

姑娘于是跟着走了进来,说:"你是任海吧?我叫黎莉,是康复医院的护士。你不是每天都隔着围墙跟我说话吗?你磁性的嗓音和深情的话语早就打动了我。我们不是在巷子里见过面吗?那并不是偶遇,而是我有意在等你……前几天,你还问我嫌不嫌弃你妈妈,若是不嫌弃,就到你家来……"

任海猛然想起,自己每天给李丽语音留言讲情话时,一旁那堵围墙的另一面,正是康复医院。

黎莉把手中的脑白金放在桌上,当看到躺在病床上的任大妈时,便径直走过去,轻轻地帮老人掖了掖被子,接着又握住老人的手轻轻按摩着,还跟任大妈说起话来:"大妈,我是黎莉,任海他可真有意思,喜欢人家又不敢当面说,每天隔着围墙说'莉,我爱你'、'莉,我想你……'要不是我每天都要去围墙那儿倒垃圾,凑巧听到他叫我的名字,说着情话,我还不知道他喜欢我呢!我性格比较内向,又比较害羞,所以一直不敢跟他说话,只是一直默默地听着。那天,他告诉我您家的地址,所以我今天就来看您了。"

听了这番话,任海好像有些明白过来了:敢情自己每天在围墙外对李丽所说的情话,同时也被围墙内的黎莉听去,并误会是说给她听的,因为"丽"和"莉"同音,这可真是"隔墙有耳"啊!

这时,黎莉一边娴熟地替老人按摩着,一边对任海说:"你应该经常给大妈按按,这样有助于血液循环,说不定还能恢复知觉呢!"说着说着,她的神情黯淡下来,"你们大概还不知道吧……我是离了婚的……要是你们不嫌弃我……我倒是愿意伺候大妈一辈子……"

这是真的吗?任海使劲掐了掐自己的大腿,好痛啊!不是在做梦吧?他看了看母亲,在母亲的脸上,他看到了满意和赞许的神色。

再看看黎莉,她似乎在等待他的回答。看着黎莉低着头黯然的样子,任海的心忽然抽动了一下,好疼。他走近黎莉,握住了她的手,放在胸前,他要让她感觉自己的心跳。他知道,这一次,自己终于实实在在地握住了幸福……

（童存云）

（题图:魏忠善）

摇晃里的爱

　　公交车一到站,美丽高挑的外企白领雯雯便抢先一步跨上车,她拿着月票冲司机晃了一下,便开始往里挤。

　　此时正是下班高峰,车上根本就没有座位,连过道上都站满了人,雯雯只得一手按住背包,一手抓着吊杆。前后左右都是人,她被挤得简直透不过气来,加上路况又糟,整个车子一直像个大摇篮在摇晃,晃得车上的乘客都昏昏欲睡,可她却不敢大意,因为她的包里揣着刚发的工资和奖金,听说最近公交车上经常有人遭窃,她实在不敢掉以轻心。

　　这时,司机为避路人,突然来了个急刹车,雯雯一个重心不稳,跌倒在前面一个人的怀里。她连忙抓住那人的胳膊,好不容易站稳了,刚抬起头,岂料那人也刚好低头看她,不经意间两人的嘴唇竟碰了个正着！

又羞又恼的雯雯发现对方竟是个眉清目秀的大男生,此时正涨红了脸不知所措呢！雯雯一时尴尬得真恨不得车上有个洞钻进去,都怪这该死的司机！该死的马路！雯雯下车时,那个大男生无可奈何地冲她耸了耸肩。

按理事情过去也就过去了,可接下来的一段日子里,雯雯每天上下班乘车,几乎都能碰上这个大男生。而且他也真怪,就算有座位他也不坐,总是抓着吊杆站在那里,每次见了雯雯,总是殷勤地朝她点头微笑。

有一次,车厢里人特别多,雯雯不得不再次与这个大男生面对面,大男生竟然凑到雯雯耳边低声说:"要是再来个急刹车就好了。"雯雯的脸"唰"地一下就红了,她狠狠地瞪了他一眼,心里说:你别做梦了,就算再来十个急刹车,我也绝不会让那一幕重演。

这天,雯雯在车上又遇上了这个大男生,而且大男生一看到雯雯,就给了她一个热情的微笑,雯雯故意装作没看见。

这时候,车上的乘客们正在议论关于扒手的话题,尤其是一些老乘客,都说已经有好些天了,没听说车上有谁丢了钱的,可能是扒手休假了吧？雯雯听了觉得好笑,扒手还有休假？

站在雯雯对面的大男生正看着雯雯,突然凑到她耳边轻轻地说:"你笑起来真好看。"

雯雯听了这话脸又涨得通红,心里"怦怦"乱跳,她连忙低下头,不敢再看大男生一眼。她在心里问自己:我这是怎么啦？难道喜欢上了他？

雯雯好像真的有点喜欢上这个大男生了,从此她每天乘车都有点神不守舍,总盼着能见到他,可见了之后又心慌意乱的,不知说什么。那大男生好像也觉察出了雯雯的心思,看她时的眼神也慌乱起来。

　　嘿嘿,说来你也许不信,他们还真的就恋爱上了。大男生告诉雯雯说,他叫高一非,正在搞一项特殊的工作。至于到底是什么工作,他说得保密,等过一段时间互相了解多一些,他再告诉她。雯雯虽然有些不快,觉得高一非不信任自己,但热恋的激情使她很快忘了这个小插曲。

　　这天早晨,精心打扮后的雯雯兴高采烈地上了车,她正好有两张大剧院的戏票,想约高一非晚上一块儿去,可找遍了整个车厢,也没有看到高一非的影子。不对呀,以前他每天总在雯雯之前上的车,今天怎么会没来? 生病了? 还是乘上一班车走了? 雯雯焦虑不安地在心里胡乱猜想着,顿时觉得无比失落。

　　但这天车上的乘客们却一反常态地十分兴奋,大家都在议论说早上车上抓了一个扒手,年纪很轻,相貌真不赖,可竟是个老手,真看不出他会是干这种勾当的人。

　　雯雯心里不由“咯噔”一下,突然把乘客们的议论和高一非连在了一起:该不会是他吧……怪不得他不肯告诉我他是干什么工作的,莫非……

　　雯雯越想越伤心,脑子里一片空白,她哪还有心思去上班? 回到家里狠狠地大哭一场。想不到自己的爱情就这样夭折了,她恨自己有眼无珠,居然爱上了一个窃贼。她恨这个姓高的,竟然伪装得像个正人君子,骗取了自己的信任。

　　第二天早上,雯雯起来对着镜子一照,两只眼睛哭得像两颗大核桃,没办法,只好戴了墨镜去上班。她照例乘上了这班公交车,照例将月票冲司机晃一下,照例抓住吊杆站在过道上。蓦地,她惊呆了,她有些不相信自己的眼睛:这不是高一非吗! 高一非正站在身边冲自己笑呢!

　　高一非笑着摘下雯雯戴着的墨镜,轻轻地打趣说:“哟! 你的眼睛怎么了? 就因为昨天没看到我,哭成了这样?”

　　雯雯傻了,一时不知道说什么,愣在了那里。

高一非笑得更欢了："小傻瓜，昨天我为了抓那个扒手，没来得及和你见面。为了逮他，我在车上耗了快一个月了！当然，一半也是因为你……"

"你到底是什么人？是警察还是小偷？"雯雯傻傻地问。

"说你傻，你还真傻！你看！"高一非从上衣口袋里掏出工作证，雯雯打开一看，真的是他！高一非，人民警察。

雯雯眼中饱含着泪花，她刚想开口说什么，车子忽然又来了个急刹车。当别的乘客为此大呼小叫的时候，她却幸福地偎在他的怀里……

（童存云）

（题图：安玉民）

爱情不可以打印

　　李四是一个文学青年,业余时间喜欢写点东西,为了方便,李四买了台激光打印机。

　　朋友张三是个"狗鼻子",不知从哪里嗅到了这条信息,高兴坏了,他第一时间赶到李四家里,说是想用一用李四的打印机。

　　原来,这小子最近在追一个女孩子,情书一天一封。然而他有个致命的缺点,就是字写得像鬼画符,人家女孩拿到他的信,匆匆扫了几眼就退给他了,说:"你写的是天书,本小姐是凡人,看不明白,你得去给我找个翻译家来。"张三灵机一动,于是就在电脑上把情书打出来,复制在盘里,想到李四这里来打印。

　　朋友的忙岂能不帮?李四二话不说,接过张三的盘就插入驱动器,随着一阵好听的声响,一张散发着油墨清香的情书诞生了！张三兴奋地拉着李四的手,说:"哥们,谢谢你啦!"

从此,张三就天天来李四这里打印,而且后来索性赖上李四每天帮他写情书,一口一个"哥们"的,叫得李四根本不好意思回绝。每一次,张三总是笑着进门,然后李四故意让出书房,让张三定定心心地在书房里把写好的情书打印出来,然后送他乐呵呵地回去。

可谁知道有一天,张三突然气冲冲地找到李四,没等李四开口,就"刷"的给了他一个大拳头,打得李四眼前金星直冒。

李四又生气又奇怪,说:"我什么时候招你惹你了? 你怎么像条疯狗一样乱咬人啊?"

张三瞪眼瞅着他:"我今天就是一条疯狗! 是你对不起我!"

李四觉得莫名其妙:"我怎么对不起你了?"

张三说:"我问你,你认识清月吗?"

"清月?"李四摇摇头,"不认识,谁叫清月?"

张三说:"你别给我装傻,就是我让你给写情书的那个女孩。"

李四斜了他一眼:"你不要搞错了,你追的女孩跟我有什么关系? 再说了,你每次叫我在情书里'心肝宝贝'地叫,谁知道她叫什么'清月'啊!"

张三喊起来:"可她今天在我面前提到你了……"

李四摇摇头:"怎么可能呢? 我从来没有见过她,谁知道她长得是高是矮是胖是瘦?"

张三一听,气得简直要跳起来:"你干下的事你还不承认? 那好,咱们的关系到此拉倒!"说完,气呼呼地甩门而去。

李四见张三这副样子,更糊涂了,他心想:你张三搞不掂女朋友,凭什么到我这里来撒野? 我又不是你的出气筒!

第二天,李四正在家里写东西,一个女孩来找李四,见面就问:"你是李老师吧?"

李四还是第一次听到别人喊他老师，而且这女孩长得非常漂亮，打扮也非常时尚，李四心里很开心，甚至有点激动。但这情绪不能流露在脸上啊，要不然就会让对方觉得他太不稳重、太不成熟了。于是李四稳了稳神，一面给女孩让座，一面连说："不敢当，不敢当。"

女孩说："李老师，我叫清月，平时也喜欢写写，不过就是写不好。我久闻李老师的大名，今天是特地来向您请教的。"

"清月？"李四一听，觉得这个名字有点耳熟，猛地想起来了，张三不是说过，他的女朋友就叫清月吗？

李四连忙问女孩："你认识张三吗？"

女孩生气地说："别提他！我们谈文学吧！"

李四追着问："那……你以前不会知道我吧？"

女孩摇摇头："不知道。"

李四觉得很奇怪："既然不知道，你是怎么找到我这里来的呢？"

女孩笑了笑，撇开李四的问话，说："这一切你以后慢慢会知道的。"说着，她从随身带着的包里拿出一叠稿子来，"李老师，这些是我写的，能不能请您帮我看看？"

李四接过来，一页一页地翻看着，越看越惊叹不已：这个叫清月的女孩很有才气啊，写的东西文笔相当不错。李四不由对清月刮目相看："你写得太好了，我也要好好向你学习呢！"

清月被李四夸得有点不好意思："李老师，你别笑话我了！"

李四真诚地说："我说的是实话，你真的写得很不错。这样，有几个错字我帮你改一下，然后给你推荐出去，怎么样？"

清月很兴奋："那就太谢谢李老师了！"

送走清月，李四当天就把清月的作品推荐给了一位在报社当编辑的朋友，果然没多久，就发表了。清月拿到稿费后，兴高采烈地表示要请李四吃饭，李四说："还是我请你吧，你的作品能发表,说明大家对你写作能力的认可,这是高兴的事,我也要向你祝贺啊!"

从此,李四和清月就成了朋友,清月常常拿着稿件来找李四修改,李四也乐此不疲。话一投机,两个人说着说着就常常没有了时间,他们很快就坠入了情网。

刚开始的时候,李四感觉有点对不起张三,但一想到这小子给自己的那一拳,心理就平衡了。再说,人家女孩自己有喜欢谁和不喜欢谁的权利呀!

李四和清月的恋爱关系发展得很快,三个月后,清月就做了李四的新娘。

新婚之夜,清月拿了一摞情书,抽出其中的一封给李四看,问他:"这是你写的吗?"

李四很纳闷:我从来没有给你写过什么情书啊!这是怎么回事?仔细一看,这不是张三过去每天在他家里打印的吗?

清月让李四看看这些情书的背面,李四反过来一看,着实吃了一惊。原来背面打印着李四那时候创作的诗歌,偶尔几张上面还有李四的个人简历和家庭住址。喔,想起来了,难怪那一次李四明明记得自己已经打印好准备寄出去的诗稿,怎么找来找去找不到,原来是被这小子"利用"打印情书去了。

这个张三啊!

清月对李四说:"我直到看到这些诗,追问他,才弄明白原来是他找你写的情书。我想,连这样的事情都要让人代替去做,这个朋友交往下去还有什么意思呢?"

说着,她又解释道:"不过,看了你的作品,我突然有一种被燃烧的感觉,于是就按这上面的地址找到了你。我想,咱们这也是一种缘分吧……"

（王奉国）

（题图：安玉民）

捡一株情人草

　　小李是个出租车司机,一向循规蹈矩,从不拈花惹草。但这并不代表他不喜欢女人,老实说,碰上漂亮的姑娘坐车,他的心情总是特别愉快,车也开得又快又稳。

　　这天晚上,一个胖子带着一个漂亮的女孩上了车。小李暗想:这胖子年龄也不小了,艳福不浅啊!忍不住就从反光镜里多看了女孩几眼。

　　不一会儿,胖子让小李把车停在一个富丽堂皇的夜总会门口。胖子递过来一张百元大钞,小李上上下下口袋里翻了半天,身上的零钱不够找。

　　胖子不耐烦地说:"别翻了,你跟我进去,兄弟们已经在包房里等着我了,让他们直接给你钱好了。"

　　小李没法，只好停了车，跟他进去。包房里灯光昏暗，只见几对男女正搂着抱着靠在沙发上，小李拿了钱，刚转身要出去，突然听到外面一阵喧哗，胖子跑到门口一看，赶紧把门关上，气急败坏地说："坏了，撞到枪口上了！"

　　小李不知道怎么回事，还想往外走，被胖子一把拉住了："现在出去你也跑不掉的，从包间里出去的都得查问！"小李明白了，原来是赶上扫黄了！可自己是进来换钱的，有什么好怕的。

　　胖子一下子看穿了他的心思，不屑地说："老弟，你以为警察会相信你？你先打听打听规矩，既然撞上了，有这么轻易出去的吗？要是这么说，大伙都有理由。"

　　小李万分委屈："可我真是来换钱的，什么也没干呀！"

　　胖子翻了翻眼睛："这事谁说得清楚，按老规矩，每人罚款三千，交钱走人！"

　　三千？小李倒吸了一口凉气。

　　胖子似乎就等着他这个反应，立刻说："老弟，我也知道你冤枉，干脆，你的三千我替你交了！不过，你得承认她是你女朋友。"说着，胖子把刚才一起坐车来的那个漂亮女孩拉了过来。

　　小李明白了，这胖子不方便说他和那姑娘的关系，可要说不认识，估计这姑娘就难脱身了。正想着，那女孩软绵绵的胳膊已经挽上了他的手臂，小李的脸"刷"的一下红了。

　　那女孩看他这么害羞，笑着说："大哥，谢谢你帮我。我叫齐娜，这是我的身份证。"

　　小李没想到女孩如此落落大方，低头一看身份证，更让他吃了一惊，这个叫"齐娜"的女孩，居然和他来自同一个县城，他们是正宗的老乡啊！小李用家乡话一试探，齐娜高兴得眼睛发亮。

　　正在这时，包房的门被打开了，两个警察冲进来，挨个盘问。齐娜把手放进小李的手掌里，小李能感觉得到她手心里全是汗，这才知道她也非常紧张。但是出乎意料，警察的盘问并不像他们想象的那么严重，查看了身份证和小李的驾驶证，尤其是听到他们在讲家乡话后，很快相信了他们这对开出租车的"情侣"是进来换钱的。

小李刚要松口气，突然发现齐娜脸色煞白，细密的汗珠排满额头，起初还以为她是因为紧张，但不一会儿，齐娜手捂着胸口，痛苦万分地蹲了下来。小李慌了，周围的人也乱了手脚，还是一个老警察看出了点名堂，问小李："她是不是有心脏病？"

心脏病？小李呆了片刻，支支吾吾点头说"是"。老警察果断地命令，派一辆警车立刻送他们去医院。

没想齐娜还真是心脏病，而且挺严重，经过急救后吊上了盐水，才安静地睡着了。这时候，已经是晚上十二点了，医院要求要有家属陪着，可胖子早已像蒸发了似的消失得无影无踪，没办法，小李只好守在床头。看着齐娜恬静白皙的脸，小李心里忽然涌出几分爱怜。

半夜时分，齐娜醒了，随即出现了一个难题：她想小便，但又无法起床。小李赶紧跑到护士那里要来一个便盆，洗净抹干后交给齐娜，然后走出病房等在走廊上；过一会儿，估计齐娜应该把"问题"解决好了，小李才红着脸进去……

忙完这一切，小李看到齐娜的眼睛里隐隐有泪光闪动。这一夜他们聊了很多，齐娜告诉小李，她今年21岁，在一家花店打工，她最大的愿望就是想有个自己的花店。当小李提起那胖子时，齐娜的眼光一下子暗淡下来，她说那胖子是做生意的，眼下正在跟老婆闹离婚，但这一切并不是为她，除了钱，这家伙谁也不爱。

果然，那胖子一直没来医院看齐娜，一直到第二天下午才打电话来，说是在外面谈生意，等会来。齐娜接了电话，从贴身的衣服口袋里取出一个存折，要小李帮她去银行取钱，寄回老家。她把存折密码写在一张纸上，告诉小李说，她弟弟今年考上了大学,过几天就要去学校了,这钱寄回去是给弟弟做学费的。

小李接过存折,故意问:"你就不怕我是坏人,取了钱跑了?"

齐娜看他一眼,笑了笑,什么也没说。

小李办好事情,回到医院,正走到病房门口,就听到里面有人说话。

"这么说,那小子侍候了你一晚上?"小李听得出来,问话的就是那个胖子。

"我倒是想让你来,可你敢来吗?"这是齐娜的声音。

只听"咣当"一声响,紧接着传来胖子阴阳怪气的声音:"哟,连尿盆也替你端了,这小子艳福不浅啊。"

"闭嘴!"齐娜一声断喝,然后冷冷地说,"我还没卖给你呢,你管不着,我就是要他来照顾我!"

"哼,我提醒你,你弟弟的学费还是我给的,卖没卖这话要看怎么说了!"

"那我也提醒你,要是让你老婆知道这事,你损失可就大了。"

胖子一听齐娜提他老婆,口气立刻软了下来:"算了算了,我大丈夫肚里能撑船,就让这穷小子来照顾你几天吧,让他占点便宜算了。不过,你得给我记着,你可别让那只癞蛤蟆给吃了……"

站在病房门口的小李再也听不下去了:癞蛤蟆?谁是癞蛤蟆!他真想去公安局把事情的真相说个一清二楚,可再想想,真要这么做,那胖男人肯定会受到应有的惩罚,但是会不会连累齐娜呢?一想到齐娜恬静可人的模样,小李暗暗在心里叹了口气:我可不能再让这个老乡受苦了。

就在这时候,胖子阴沉着脸从病房里出来了,看到小李,气哼哼地连招呼也不打一个,扭头就走。小李看在齐娜的面上,不和他计较。

小李尽心尽力照顾着齐娜,一直到齐娜出院。出院后,齐娜同胖子彻底断绝了关系,她决心要靠自己的努力,开始新的生活。

就在这个时候,小李告诉齐娜说,他已经在老家县城里,帮齐娜找了一份卖花的工作,他自己也准备回县城去开出租。齐娜听了心里非常感动,就在春暖花开的一天,他们踏上了回老家的路。

回到家乡,走在县城最热闹的商业街上,齐娜老远就看到有一家商店门口热热闹闹的围满了人,估计是一家新开张的门店。可是等走近一看,她却惊呆了,因为这确是一家新开张的店,而且是一家花店,店堂里摆满了各式各样的品种花,店名赫然写着:娜娜鲜花屋。

齐娜愣住了,她转头看小李,小李正深情地望着她。她脸上的泪水顿时夺眶而出,不敢相信眼前的这一切会是真的,哽咽着问:"你哪来这么多钱?"

小李故作轻松地说:"我自己开车赚了一点,家里人又东拼西凑给凑齐了。"

齐娜感动得说不出一句话来,她走进店堂,弯下腰,捧起一束淡紫色的情人草,把它摆放在店堂里最醒目的位置。她看着小李,泪水止不住地往下流。

花店开张以后,生意很好。不过后来,齐娜还是坚决地把老板的位子让给了小李,她自己嘛,心甘情愿地当起了老板娘。

(曾 恽)

(**题图**:安玉民)

偷来的爱情

　　婚礼上有许多吸引人的节目,但最精彩的是新郎新娘介绍两人的恋爱经过。

　　黄刚结婚的那一天,在大家热情洋溢的笑声中,主持人问他和新娘:"请问,你们俩谁先说?"新娘人未开口,脸先就红了。主持人见状,笑着说:"那就请新郎先讲,大家鼓掌欢迎!"

　　掌声落下,黄刚实话实说:"我的爱情是偷来的!"

　　此话一出,场上"刷"地静了下来。

　　黄刚的爱情确实是偷来的。黄刚有个表弟在教育学院上学,表弟知道黄刚爱写文章,见他经常站在街头书报亭前浏览报刊,就说:"表哥,你去我们学院阅览室吧,那里不要证件。"黄刚想也是,坐着看总比站着看舒服,而且也免了挨白眼。

　　果然,黄刚去了好几次,没人盘问,黄刚看看抄抄,比站街头强多了。一次,黄刚突然看到一张报纸上登出一篇文章,觉得眼熟,再定睛一看,可不是吗? 就是自己写的! 黄刚又惊又喜,激动地把文章一连看了两遍,爱不释手。报社里没有给黄刚寄样报,幸亏黄刚在这里看到了,怎么办? 这时黄刚产生了把这张报纸偷走的念头,还给自己找了个堂堂正正的理由:读书人偷书不算偷,谁叫这上面有我的文章呢!

　　前几次黄刚来阅览室,从不抬头观望,只是默默地埋头翻阅抄写,怕管理员注意他。这会儿,黄刚不时拿眼睛去瞅管理员。管理员是个姑娘,扎着马尾辫儿,弯眉杏眼鹅蛋脸,很漂亮,身材窈窕,风姿绰约,如果个头再高点,那肯定可以参加选美。没料到就在黄刚多看几眼的时候,她也正好向黄刚看来,吓得黄刚赶紧埋下了头。

　　黄刚图谋着如何把这张报纸偷走:如果从报夹上往下取,动作太大,会被人发现;把它撕下来,有响声,也会引人耳目。况且,每张长桌上都放有警示牌:爱护读物,不准偷窃。黄刚感到了做贼的心虚、恐惧和愧疚,一时间又打消了偷报的欲念。

　　又过了一会儿,管理员姑娘出去了,黄刚偷报的欲念又起,而且想到了一个绝招:用小刀轻轻地把那一页报纸裁下来。黄刚上下摸摸,身上没带小刀,忽然,他的手摸着了一个塑料片儿,这是他随身必带的身份证,有了! 黄刚摸出身份证,四周看看,根本没人注意自己,于是就一边装作看身份证的样子,一边悄悄地用身份证当刀子裁报纸。黄刚的手似乎抖得厉害,身上的冷汗"吱吱"一个劲往外冒,幸好,他把那页报纸裁下来后,管理员姑娘才回来,吓得他赶紧收拾,仓皇而逃。

　　黄刚偷报得手,好几天没敢再去那个阅览室。可不知怎的,想去的欲望是越来越强烈,一是他想去看还会有哪张报纸发表了他的文章,二是他心里很想去看那位管理员姑娘,黄刚发觉他被她的美貌迷住了,真是朝思暮想,食不甘味啊! 终于忍不住,那一天黄刚又去了。

黄刚在一张桌前坐定,一开始心里还有些慌乱,"咚咚咚"地敲着小鼓,但再想想:阅览室有那么多报纸,管理员姑娘会在意这一张吗? 再说,这么长时间都没动静,肯定没事的。就这样,黄刚一边翻报纸,一边大胆地欣赏起这位姑娘来。而且当她也看黄刚时,黄刚也不再埋头,而是和她对视交流,故意想引起她的注意,注意得越狠越好,最好注意到心里去!

突然,管理员姑娘像发现了什么似的,快步朝黄刚走来,站住,然后两眼审视着黄刚。黄刚想:这下完了,不知如何是好。她站在黄刚面前,板着个面孔问道:"请问,你叫什么名字?"黄刚怯声说了自己的名字,她说:"就是你,跟我来吧!"

走在路上,黄刚立时想道:这阅览室安装有电子录像探头,那天偷报纸的行为肯定已经被录下了,得主动坦白,争取宽大处理。我不是这学院的学生,不主动坦白,说不定会送派出所去!跟她来到办公室里,黄刚抢先说:"我错了,那天我偷了报纸。"接着就竹筒倒豆子,把那天的事说了个一清二楚。

管理员姑娘听完笑了,说:"你不说,我还不知道呢!"她说着拉开抽屉,拿出一张身份证,"这是那天打扫卫生时捡到的,我看着照片像你。"

是那天黄刚做贼心虚,慌乱之中把身份证给弄丢了。天哪,黄刚竟不打自招了……

婚礼上,黄刚说到这儿,主持人说:"让新郎歇歇,请新娘子说说。"这时,场上响起了更热烈的掌声。

黄刚的新娘子含笑说道:"我当阅览室管理员两年多了,经常发现书报被偷被窃,但没有一个主动承认的,他是第一个,他诚实!"

（徐志义）（题图:箭　中）

情 系 一 生

爱情的聪慧在于要使双方永远保持新奇感。初萌的爱情看到的仅是生命,持续的爱情看到的是永恒。

团

圆

　　阳子十九岁的时候,在沈阳的一家小酒坊当学徒。有一天晚上,临睡前,他在靠街的房门前撒尿,这时候,一个人从暗处慌慌张张地走来,对他说:"小兄弟,救救我,有人在追我……"阳子赶紧把那人领到他住的屋里,借着昏暗的油灯,他看到那人四十岁开外,浓眉大眼,胡茬子老长,满脸血迹。阳子打来一盆清水,那人洗了脸,然后让他用烧酒给他擦洗和衣服相粘的血痂,阳子看到豆大的汗珠从他额头上滚落下来,可他一声没吭,真是一条汉子……

　　这时,外面传来了无数"屁驴子"的声音,"屁驴子"就是日本人的摩托车,当时老百姓都是这么叫的。阳子想,这又是日本宪兵在抓人了。看着眼前这条汉子,阳子相信他一定是好人,阳子也没有时间去多想,就把一条干净的床单撕成了条条,给他包扎了伤口。第二天天没亮,那人便醒了,穿上阳子的一套半旧的蓝布开襟衣服,朝阳子一抱拳,说:"小兄弟,多谢了!后会有期,来日必当厚报!"说完,便急匆匆地走了……

天亮了,听街上人说,昨晚有一个政治犯,打死两个日本宪兵后逃跑了。阳子想到昨晚的那人,不觉一乐,心想自己做了一件对得起祖宗的事。当然,这事不能和任何人说。

三个月后的一天,阳子正在干活,老板把他叫到客厅,只见椅子上坐着一个西装革履的人,他见阳子进来、马上站起来说:"小兄弟,还认识我不?"阳子一眼认出他正是那天自己救的人。那人说他姓郑,现在伤口都已好了。看来,老板已经知道阳子救人的事。

老郑这次是专程谢阳子来的,他把阳子和老板请到了街对面的"悦来"酒楼。到了一处雅间,那里早有一个和阳子年龄相仿、一脸秀气的姑娘等着,老郑介绍说这是他的干女儿,姓田叫小凤。寒暄几句之后,小凤便出去了。这时,老郑便说为了答谢阳子的救命之恩,想把小凤给阳子做妻子。阳子一听,脸都红了,连忙推却。老郑对老板说:"我看这小兄弟为人诚实,心地善良,所以,把干女儿给他,我一百个放心。我已经把这事和小凤说了……"老板急着问:"小凤怎么说的?""小凤说,如果见面之后她一直没动身子,这事就别提了;如果她走出门去,就是有意了。"

老板一听这话,马上把他手上的金戒指摘给了阳子,要阳子亲手交给小凤,作为订情之物。阳子连连摇头,说使不得,可是老郑却说:"你的婚姻大事,哪有你说话的份儿,听着便是了。"按照当时的规矩,婚姻大事都是父母做主。阳子父母死得早,是一个在沈阳做事的叔叔介绍他到这里来当学徒的,老板和阳子叔叔是磕头弟兄,所以这事就这样说定了。

不大工夫上菜了,小凤也进来了,看来刚才她是在门外偷听来着,一进屋,脸蛋红红的,趁这当口,阳子便把金戒指给小凤戴在手指上……

老郑又给了阳子一些钱,并拜托老板,一定要把阳子的婚事办好。老板夫妇为阳子他们收拾了院里的一间厢房,选了一个黄道吉日,阳子做梦似的结了婚,从此就有了一个聪明、漂亮的妻子。

小凤识文断字,阳子呢,斗大的字认不了几箩。每天白天,小凤和老板娘在前屋卖酒,晚上,阳子他们就坐在油灯下,小凤教阳子认字、写字。灯火如豆的小油灯前,阳子同小凤度过了年轻时最幸福的时光。

有一天,老板娘告诉阳子:"总有人来找小凤,很神秘的样子,说不准,这丫头有点来头。"她要阳子多加小心。阳子心想:我怕什么?从前是光棍一条,现在刚混出点人样来,小凤和我恩恩爱爱,就是她真遇上了什么危险,大不了我随她一起去,人生一世还不是一死?更何况小凤已经怀孕了,她的肚子里正怀着我的骨肉呢!

冬天了,记得那天晚上,天上下着鹅毛大雪,老郑派人来,要小凤马上跟那人走。那人拿一个包裹,里面是一个铁匣子,用锁头锁着,他要小凤托付阳子保管好。小凤泪流满面地对阳子说:"很多事,一时也说不清,等以后再和你细说吧!"她再三嘱咐阳子;"这个铁匣子一定要保管好,三个月内一定会有人来取,暗语是'我上衣扣子上有一个田字',如果来人不说这句暗语,这铁匣子千万不能给他,而且,那人走后,你一定要马上离开这里,切记!"

来人一再催促,要小凤快走,小凤和阳子洒泪而别。阳子立在门外,怔怔地看着两人的身影消逝在大雪茫茫的夜幕之中……

想到那个铁匣子,阳子马上进屋把它藏好。这时,外面传来急促的砸门声,阳子打开门,一群日本宪兵由一个中国人领着,把阳子的房间翻了个底朝天,什么也没翻着,便把阳子带走了。到了宪兵队,这顿打就不用说了,他们问阳子是怎么认识小凤的,阳子说是老板娘卖酒时认识的,是她给阳子介绍成的亲,这话是老板娘和阳子早就商量好了的。阳子被抓,小酒坊也被查封了。在宪兵队关了大约两个月,老板在外面疏通了一些关系,这样,阳子被放了出来,不久,小酒坊也照常开业了。

家里人去楼空,小凤渺无音讯,后来,阳子就抱着这个铁匣子四处漂泊,再后来又到了乡下……

从此以后,很多人为阳子的婚事操心,可都被阳子拒绝了,因为阳子想:小凤总有一天会找到我的。就这样,一直等到沈阳解放……

1972年的夏天,阳子在沈阳的叔叔到乡下来看阳子,阳子便讲起了小凤的事。叔叔临走时把铁匣子带走了,他说要交给有关部门,也许可以打听到一些关于小凤的消息。送走了叔叔,阳子大哭了一场。

9月21日这天,阳子家门前来了一辆北京吉普,从车上下来一男一女,男的手里拿一件衣服,问阳子:"老伯,这衣服的扣子上有一个字,您一定知道。"阳子当时大吃一惊:三十年了,真是刻骨铭心、荡气回肠啊!阳子的血一下子涌了上来,说:"是一个'田'字。"这时,那一男一女异口同声地叫了阳子一声:"爸……"原来站在面前的这一对双胞胎兄妹,竟是阳子的亲骨肉!儿子很像当年的阳子,女儿的脸上活生生地透出一个当年的小凤来。阳子百感交集,一下子抱紧了一双儿女……

很久,阳子问:"你妈,她好吗?"于是,女儿便讲起了她的妈妈:

小凤和阳子结婚前,是共产党满洲省委一个机构的报务员,婚后,那小酒坊就成了地下党的联络站,老郑就是她的领导。那年冬天,由于出了叛徒,老郑便派人通知小凤紧急转移。小凤离开阳子的第二年,农历六月二十八日,这一双兄妹出生在辽宁的彰武。小凤四处找阳子,可因为阳子离开沈阳回乡下了,竟无缘相逢。小凤经常在睡梦中哭醒,说是她连累了阳子……

1970年的秋天,组织上内查外调,了解到当年有一个铁匣子,里面装着一部电台,另外还有一些重要文件,那些东西是小凤保管的,由于不知阳子下落,便怀疑落到了日本人手里,并由此怀疑小凤历史上可能被捕变节。老郑在解放战争中牺牲了,这样,就无人能证明小凤的清白,她被扣上了叛徒的罪名而锒铛入狱,可就在这时候,铁匣子从天而降,还了小凤一身清白……

女儿满脸是泪,说:"爸,妈断定您还活着,您在等着她,今天,妈让我们来接您回家……"听到这里,阳子已经哭得说不出话来了,这么些年来,我等待的不就是这一天吗?

(张　扬)

(题图:杨宏富)

背后的眼睛

　　香妮嫁到柳家庄，成了柳歪嘴的媳妇；柳歪嘴的妹妹柳棉桃也在这一天成了亲，嫁的不是别人，就是香妮的瘸腿哥哥。这地方穷，换亲从来不是件丢人的事！

　　成亲的第二天，柳歪嘴就跟着村里人出去讨生活了，家里只剩下香妮一个人，于是里里外外所有的活儿都由她操持。

　　这天刚吃完午饭，太阳正当头哩，人家还躲在大树下凉快，香妮就背起药筒子下地了。地里的棉花快叫虫子吃了，再不打药，就怕今年要白忙活了，棉花地离村子远，不紧着去，怕是天黑也赶不回来。

　　香妮急急地在狭窄的山路上走着，不知怎么，她总觉得背后有人在盯着自己，回头看，却不见人影。香妮心里不禁打起鼓来,因为这种感觉已经不是第一次出现了,嫁过来第二天下地干活的时候,她就感觉背后有眼睛在看着她,可回头打量,却又什么都没有。难道是有人要打自己的主意?香妮越想越害怕,越走腿越软,还没走到棉花地,眼前就天旋地转起来,终于两眼一黑栽倒在了地上……

蒙眬中,香妮觉得有人在用树叶子给自己扇凉风,这不由让她想起了爹:娘死得早,是爹一个人把自己拉扯大的,小时候爹不就是这样天天在睡觉前给自己扇凉的吗?可是爹……爹也已经见娘去了,怎么现在会……香妮猛地惊坐起来,一看,吓得浑身直打哆嗦:给自己扇凉风的竟然是一个陌生男人,一面摇着手里的树叶子,一面正直瞪瞪地看着自己。这感觉告诉香妮,在背后盯着自己的,就是这双可怕的眼睛。

香妮惊叫起来:"你想干啥?"

陌生男人一愣,突然沉下脸来,恨恨地开口道:"我……我恨!恨你!是你毁了我!"

"你说什么?"香妮一头雾水,"你是谁?我……我根本不认识你!"

陌生男人歇斯底里地狂喊起来:"哼,棉桃明明喜欢的是我。要不是你,她怎么会嫁给你那个瘸腿哥哥?"陌生男人凶得简直像头发怒的狮子,恨不得一口把香妮吃了。

"你……你是黑子?"这个陌生男人一定就是黑子!香妮嫁过来之后听村里人说过,嫁给自己瘸腿哥哥的女人叫棉桃,棉桃在村里的时候有过一个对象,大家都叫他"黑子"。村里人给香妮说了很多关于棉桃和黑子相好的事,还惊叹香妮怎么竟和棉桃长得一个样!香妮心想:黑子一定是想棉桃想疯了,才会这么跟着自己,才会这么盯着自己看!可是,换亲的事能怪自己吗?要不是穷,要不是为了哥哥,香妮也不愿就这么把自己嫁过来。

看着站在面前的黑子脸上痛苦的神情,香妮不知道该对黑子说什么好,她的眼光里充满了对黑子的同情,也充满了对自己婚姻的哀怨和无助。大概是黑子从香妮的这种眼光里读出了什么,脸上的神情渐渐缓和下来,他看着香妮,嗫嚅道:"你……你怎么会和棉桃长得这么像? 棉桃……棉桃也喜欢大中午的下地干活,这个时候地里没人,她就是想和我多待会儿,嘿嘿,太阳把我们两个都晒得……晒得像锅底似的黑,人家叫我黑子,就叫她黑棉桃。可是……唉!"黑子说到这里打住了,一面摇头一面叹气,随后就低下头,轻轻地抚着手里的东西出神。

香妮一看,黑子手里抚着的,竟是一个小棉桃! 她心里不由一阵颤动:要能嫁一个这么疼女人的男人,该多好!

黑子默默地走了,可黑子和他手里的小棉桃却像挥不去的影子,一直在香妮眼前晃动。不过让香妮感到奇怪的是,她嫁到柳家庄已经有一个多月了,怎么平时干活就从来没有见过黑子呢? 从此,香妮就开始对黑子留意起来。

有一次,香妮跟村里人挑担去山那边,回来经过山嘴口的时候,有人指着不远处一座黑乎乎的茅草棚,对香妮说:"瞧,那就是黑子的屋,别看这破样,除了棉桃,他还真没让人进去过,就连村长去,他也死活把着门不让进。嘿,瞧他那鬼样,不知搞的啥名堂!"

香妮听了心里不由一动,悄悄记下了这个位置,隔了几天,趁没人注意的时候,就独自拐了过去。

黑子正在茅草棚前劈柴,看见香妮来了,先是大吃一惊,继而一阵惊喜,但随即便冷下脸来,说:"你来干什么? 这不是你该来的地方。"

香妮不理黑子,她已经想好了,今天非得进黑子屋里探个究竟不可。香妮猜测黑子所以不让别人进屋,一定是屋里藏着秘密,他不想让人知道,而这个秘密十有八九又一定和棉桃有关。可棉桃现在是自己的嫂子了,所以这个秘密也应该和自己有点关系了吧？黑子果真没有要招呼香妮进屋的意思，于是香妮就硬着头皮自己一头闯了进去。黑子一个箭步冲过来想拉她，可是已经来不及了。

在香妮看来，黑子藏着的秘密，最多也就是可能在屋子的某一显眼处有棉桃留下的什么信物，只是他不想让人家看到罢了。可是没想到一跨进门，香妮就站在那里傻傻地愣住了。为什么？她完全被眼前这个出乎意料的景象给镇住了——她的目光所到之处，除了棉桃还是棉桃，桌子上、窗台上、墙壁上，甚至草棚的横梁上……大大小小的棉桃，挂了一屋子！有的正饱满，显然是才挂上去的；有的却已经干瘪，只剩了个空壳，自然是挂的时间久了……这是怎样的一个男人啊！香妮心里深深地感叹着：如此一个情感世界，自然容不得再有别人踏入的！

香妮不敢再往前挪步了，她轻轻地转过身来，想退出屋去，谁知正与刚跟进来的黑子撞了个满怀。黑子突然像疯了似的扑上来，一把搂住香妮，急切地说："棉桃，我带你走好不好？咱们离开这儿，我一定能养活你……"

香妮被他搂得喘不过气来，拼命喊道："不，黑子，我不是，我不是棉桃，我是香妮！"

黑子突然愣住了，松开手，呆呆地看了香妮一会儿，猛地推开她，泪流满面地吼道："你走！你给我走！"

香妮吓得赶紧跑了出去。

黑子对棉桃痴情到这般地步，这让香妮心里突然涌起了一股想见见棉桃的冲动。再说，棉桃现在已经成了自己的嫂子，她过得好吗？她和哥哥的关系又会怎么样呢？

一个星期之后，香妮看看地里的活儿忙得差不多了，就决定回一趟娘家。

动身的前一天傍晚，黑子挡在了香妮收工回家的路上。黑子胡子拉碴，头发乱蓬蓬的，嘶哑着嗓子对香妮说："香妮……你嫂子病了,听说你要回去,你替我去看看她,给她买点好吃的。"

香妮惊讶得张大了嘴巴:"你说什么？她……我……我家离这儿好几十里地呢,你怎么知道她病了？你去看过她了？"

"你别瞎想,"黑子说,"我只是远远地看看她,我可没干别的,我不会给你哥添麻烦的,我不会再和棉桃说话了。"

"那你咋知道她病了？"

"我能感觉出来,她精神不好。"黑子痛苦地一面说着,一面塞给香妮一把小钱,"你去的时候,替我买点好吃的,给棉桃带去。"说完,就掉转头闷闷地走了。

第二天,香妮跑到村头的杂货铺,用黑子给的一把小钱横挑竖挑,好不容易买了一包小点心,提着回到娘家。果不其然,已经成了自己嫂子的棉桃正一脸病容地倚靠在床上,哥哥一个人下地干活去了。

两个女人猛一见面,就都惊叹彼此的相像！香妮把带来的小点心递给棉桃,她很自然地就把棉桃当成了自己的姐姐,迫不及待地给她说起了黑子屋里那满眼的串串棉桃。

棉桃一面听一面流泪,嘴里喃喃道:"我知道,我知道他会这样。可我……可我又能怎么样呢,我……我已经怀上你哥的孩子了啊！"

"真的？棉桃姐,这是真的?"香妮一时反倒不知该说什么好了。

这时候,只见棉桃抽泣着从床角摸出一个小包,剥开一层又一层,最里面露出了一个漂亮的黑棉桃。棉桃对香妮说:"这是我特地用颜料染黑的,你替我带给他。他是黑子,我是棉桃,这黑棉桃就是我俩的化身。留给他做个纪念吧,叫他赶快找个好人家的闺女,他有了自己的家,我心也安了……"说到这里,大颗的眼泪从棉桃的脸上滚落下来。

"嫂子……棉桃姐!"香妮一头扑进棉桃的怀里,两个女人的手紧紧握在了一起。

第二天,当香妮把这个黑得发亮的棉桃交到黑子手里的时候,黑子愣愣地蹦出一句话:"我忘不了她,除非我死!"

香妮小声劝他道:"你就听棉桃姐一句话吧,说不定以后你会遇上另一个棉桃呢!再说……再说棉桃姐已经有……有身孕了。"

黑子生生地打断了香妮的话头:"谁也代替不了她,她永远扎在我心里头了。小时候别人都欺负我,说我是野孩子,只有她不,她是第一个送我东西的人,虽然那只是一个很小很小的小棉桃!"

黑子的话,句句砸在香妮的心里。香妮抬起头,对黑子说:"黑子,你是个爷们,我敬重你,可你……你得为自己想想啊!"

黑子苦笑着摇摇头:"只要棉桃过得好,我自己就无所谓了。明天我就去省城打工,等攒下了钱,你就再帮我买点东西去看看她,她现在有了……有了孩子,这身体就更得养好!"

香妮使劲地点了点头。

可就在第二天,黑子却怀揣着那个黑得发亮的棉桃,永远地走了!为了省下一元钱的车费,他搭了辆无照车去省城,结果在山路拐弯的时候,那车居然就像没头苍蝇似的撞下了山崖。

在黑子三周年的忌日上,棉桃带着儿子来给黑子上坟,这是棉桃自打出嫁以来第一次回柳家庄。香妮远远地看去,在哭泣的棉桃身边,小侄子正一晃一晃地甩着手里的一根枝条,枝条上面有一个黑得发亮的棉桃,在香妮的眼里是那么的晃眼……

（朱　木）

（**题图**:谢　颖）

不速之客

　　田桂花的丈夫黄建刚在城里当老师,每年也就是学校放假的时候才能回来看一看,所以平时一大家子的事儿就全落在了田桂花的身上,每天田里干不完的活儿不说,家里还有一个瘫在床上的婆婆,一个刚上小学一年级的儿子,还有圈里的猪、笼里的鸡,田桂花每天从早忙到晚,简直没有一点喘息停手的时间,到夜半躺炕上时,那腰就像断了似的。

　　那年麦收季节,已经过了大晌午,别人早回家歇晌去了,田桂花还在地里忙着,恨不能一个人分成两半使。抬头看看天,太阳已经开始西斜了,想想炕上的婆婆,还有那圈里、笼里养着的十几张嘴巴,都还等着她回去伺候呢,于是只好收起镰刀,急匆匆往家赶。

　　她一路小跑着,走得很急,进了村就直往家奔。老远,就看见自家门前站着一个年轻的姑娘,粉里透红的一张脸,水灵极了。田桂花心中纳闷:这是谁呀? 咋长得这么好看?

　　姑娘见田桂花来了,脸上顿时露出甜甜的笑容,张口就叫:"阿姨,您回来了?"

　　田桂花越发疑惑了:"你是来找我的?"

　　姑娘自我介绍说:"我是从省城来的,叫小玉,是黄建刚老师的同事。这是黄老师的家吧?"

　　田桂花听说姑娘是丈夫的同事,赶紧把她往屋里让:"是啊,是黄老师的家,快进屋吧!"

　　两人进了屋,田桂花将凳子擦了又擦,给小玉让座,又倒了一杯水给她,说:"农忙,家里乱得很,让你笑话了。你还没吃饭吧? 先坐会儿,我去给你做点吃的。"说着,就要下灶房。

　　小玉忙拦住她说:"阿姨,您不用忙,我不饿,我已经吃过了。"停了停,忍不住又说了一句:"您是黄老师的母亲吧? 真没想到您这么年轻!"

　　田桂花一听"母亲"两个字,猛地愣住了,心里不由酸酸的:我真有这么老了? 她不由自主地抬起手,理了理额前乱蓬蓬的头发,苦笑着说:"是呀,我都老得不成样子了……"

　　姑娘当然不知内里,认真地看着田桂花,嘴里连连夸着说:"您一点不老,真的,您比我想象的要年轻多了。"

　　两个人正这么说着话呢,大概是婆婆在里屋听见动静了,问了一声:"桂花,谁来了?"田桂花回说:"是建刚单位的同事。"婆婆聋得厉害,没听清,还在问:"谁呀? 是哪家来的客,怎么也不进来坐坐?"田桂花就把小玉带进了里屋。

　　里屋土炕上侧卧着一个面容清瘦的老人,田桂花给小玉介绍说:"这是我婆婆,在炕上瘫了有十几年了。"

　　小玉吃了一惊:黄老师的奶奶还在呀,怎么从来没有给我提起过？她亲亲热热地上去喊了一声："奶奶！"

站在一旁的田桂花心里立刻"咯噔"了一下：怎么叫"奶奶"？她当真把我当成是建刚的母亲了？

老人当然不知怎么回事，笑眯眯地看了小玉一眼，问田桂花："这是谁家的姑娘啊？"

田桂花贴在她耳边大声说："妈，是建刚学校来的。"

田桂花话音刚落，不知为什么，老人的神色立刻就变了，上上下下打量着小玉，说："建刚不是在学校读书么，怎么老师又找上门来了？这孩子，老爱在外面疯玩儿，我不喊他就不着家……"小玉听不懂老人在说什么，田桂花轻轻推了推她，说："我婆婆耳背，神智也有些糊涂，咱们出去说话吧。"小玉早被老人的神情吓得变了脸色，听田桂花这么说，暗暗吐了吐舌头。

两个人走出里屋，田桂花猜想小玉大老远地来一定肚子饿了，执意下灶房去给她做点吃的，小玉趁机把外屋仔仔细细地看了一遍，心里不住地感慨：没想到黄老师是在这么贫苦的环境里长大的，能够读到大学毕业，真是太不容易了。

小玉正感慨着哩，田桂花两只手各端着一碗糖水蛋从灶房里出来。她把一碗放在小玉面前，说："你吃吧，我就不陪你了，我去喂我婆婆吃点儿。"说完，端着另一碗进了里屋。

说实话小玉也真饿了，她看田桂花是个实在人，所以也就没说什么客气话，接过碗三下两下就把蛋吃了下去。吃完后，她看田桂花还在里屋忙着，就一个人来到院子里的树阴下歇息，待田桂花忙完了从里屋出来，那太阳都快落到山尖尖儿上了。

田桂花为小玉倒了一杯水，两眼探寻着问她："你今天来……"

小玉的脸上顿时罩上一片红霞："阿姨，我不知道黄老师有没有向您提到过我？"

田桂花挺惊讶地摇摇头。

小玉似乎有些失望,不好意思地低着头说:"也许……也许我来得有点唐突,可是我实在忍不住,我觉得我应该来见您一面,想请您同意我们的婚事。"

田桂花一听,惊得"噌"地从凳子上弹起来,由于动作过于急速,连放在桌上的茶碗也被带到地上,"当啷"一声摔成了八瓣。她颤声问:"婚事?你们的婚事?你们是谁?你和他……"

小玉猛地抬起头,盯着田桂花,似乎是下了很大的决心,说:"阿姨,我想您不应该阻拦我们。请您放心,我虽然比黄老师小十几岁,年龄差距大了点儿,可我是真心的,我以后一定会照顾好他,也一定会孝顺您和奶奶的,求您老人家成全我们吧?"

田桂花看着站在面前这个一脸认真的姑娘,身子晃了晃,她努力让自己平静下来,问:"你今年多大了?"

"十九。"

田桂花就觉得胸口一阵疼痛,她想了想,缓缓开口道:"孩子,你大概不知道……"

"我已经不是孩子了,"小玉抢过话头说,"我知道我该怎么做。而且我也知道黄老师离过婚,他还有个儿子,可是我爱他,这就足够了。"

田桂花颤声问:"是他告诉你说他离婚了?"

小玉点点头:"是呀。"

田桂花木然地怔了半晌:"既然这样,那我可以答应你们。"

小玉眼圈一红,眼泪流了下来:"可是黄老师说他的母亲,也就是您不同意他与我结婚,这也就是我今天来找您的原因。阿姨,您就成全我们吧!"

"成全你们?"田桂花突然冷笑一声,怒气冲冲地提高声音道,"我凭什么成全你们?"

小玉被她突然变化的态度吓坏了,怯怯地问:"阿姨,您怎么了?"

　　田桂花立刻意识到了自己的失态,她拼命忍住快要溢出的泪水,竭力让自己平静下来,说:"姑娘,我不该朝你发火,这不关你的事。我想问你一句,建刚他没对你说他为什么离的婚?"

　　"说过呀,"小玉回答,"他说是因为性格不合。他的前妻是一个大字不识的农村妇女,他和她根本没有共同语言,他说他只有和我在一起时才会开心,我们彼此有说不完的话。"说到这儿,小玉的脸上甚至流露出一丝得意的微笑。

　　田桂花叹了口气:"是他让你来找我的吧?"

　　小玉摇摇头:"是我自己偷偷来的。"说着,她一把抓住田桂花的手,恳求道,"就请您答应我们了吧?"

　　田桂花脸色苍白地起身挣脱小玉的手,摇摇晃晃地进屋,走到墙角挂着的一面破镜子前,出神地看着镜子里那个脸膛黝黑、皱纹纵横、头发干枯的女人,眼泪在眼眶里面转着转着,终于不可抑制地流了下来。

　　小玉跟进来,站在她身后,关切地问:"阿姨,您怎么了?"

　　田桂花轻声问她:"我是不是真的很老了?"

　　小玉急急地说:"没有呀,我真的觉得您挺年轻的,我原先以为黄老师都三十多岁了,她母亲一定是位头发花白的老太太呢!"

　　田桂花勉强一笑,可那样子比哭还难看,她咬着牙对小玉说:"好吧,只要他同意,我没意见。"

　　"真的?"小玉乐得简直要跳起来,惊喜地喊了一声:"阿姨!不,妈妈!"

　　田桂花脸如死灰,摆摆手说:"你先别叫我妈。"

　　不料小玉还沉浸在自己的欣喜之中,根本没注意到田桂花脸上的神情变化,也根本不听她在说什么,伸开双臂抱住她,一个劲儿地撒娇:"我就叫你妈妈! 妈妈! 妈妈!"

　　田桂花的脸沉了下来:"你再这么叫,我就反悔了。"

小玉这才住了口。

小玉现在心满意足,恨不能马上飞回省城去,把这好消息告诉心上人,她向田桂花告辞说:"阿姨,我要回去了。"

田桂花却不让她走:"你来一趟不容易,就体会一下当黄家媳妇的滋味吧!"

小玉一听:这是要考验我呀?满不在乎地说:"行,您说吧,都要我干些什么!"

田桂花指指里屋:"你先去伺候老太太大小便,然后咱们下地割麦子去,要不是你来,我现在早把地里那点儿麦子割完了。"

小玉今天其实是有备而来的,本想一面来做做黄老师母亲的工作,一面也帮她做一点家务活儿什么的,给她留下一个好印象,可再怎么有思想准备,替老人把屎把尿这种事却是无论如何也没想到过的。她进了里屋,使出吃奶的劲儿才把老人抱下炕,等老人小便完后,又费尽全力抱她上了炕,这一下一上就累得满头大汗。完了之后她刚想松口气儿,老人却突然开口说:"我想拉屎。"小玉差点没背过气去:得,又得折腾一遍。反正老人耳背听不到,她忍不住嘴里嘀咕起来:"你拉屎尿尿为什么不一块儿办?"谁知老人竟像听到了似的,硬生生地说:"你嘀咕什么,我刚才还不憋。"小玉委屈得泪水直流。

田桂花闻声进来,一边安抚老人躺下,一边对小玉说:"你别往心里去,老人有点糊涂。走吧,咱们下地割麦子去。"

小玉以前从来没有割过麦子,跟着田桂花来到麦地,还没干活,这一路的山道就累得她够呛,镰刀还没举起人就先成了"草鸡"。田桂花见她半天没动手儿,问:"怎么了?"小玉苦着一张俏脸,抱怨说:"阿姨,这么干,不把人累死?您还不如索性花点钱买得了。"

田桂花一面挥镰如飞,一面追着小玉的话尾说:"你说得轻巧,哪来的钱!你回去问问黄老师,他读那些年的书,他儿子上学的学费,还有平时给老太太看病吃药的钱,哪一样不是靠这么一镰一镰割出来,一样一样做出来,一分一分省下来的?"

小玉被田桂花说得不好意思起来,连忙说:"阿姨,对不起,我刚才说话冲了。我知道,您是天底下最伟大的母亲,您放心,我们忘不了您的好,今后一定会孝顺您的。"

田桂花再也没有说话,埋着头拼命挥动着手中的镰刀,满眼的泪水和着满脸的汗水,成串成串地洒落在她脚下的这片土地上,直到小玉告别离开,她也没把事情的真相说出来。

回省城后,小玉马不停蹄地去找黄建刚,一见面就扑了上去:"建刚,你猜,我到哪儿去过了?"没等黄建刚回答,就激动地喊了起来:"我去你老家了!"

黄建刚顿时人就傻了:"我老家? 你怎么去我老家了? 那你看见……"

"看见了,我都看见了,你妈,还有你奶奶!"

"我妈? 我奶奶?"黄建刚心里暗叫一声:"不好!"

可此时,小玉的声音却显得特别欢快:"建刚,你妈终于同意我们结婚了!"

黄建刚大吃一惊:"不可能!"

"怎么不可能!"小玉兴高采烈地说,"你妈亲口答应我的,我走的时候,你妈还一直把我送到村口,她让我告诉你,叫你马上回去办手续。不过挺奇怪的,按规定我们结婚的手续应该是在城里办的,她为什么非要我们回去办? 我问她,她说你知道。"

黄建刚傻呆呆地看着小玉,心里就像打翻了的五味瓶,说不出个滋味来。沉默了半响,说:"告诉你,小玉,我妈瘫了,根本不会走路。"

"你妈瘫了? 你妈干起活儿来像牛一样,她身体好好的,怎么瘫了? 你说的是你奶奶吧?"

"唉——我奶奶早已去世了,"黄建刚低下了头,喃喃道,"那瘫在炕上的,是我妈。"

小玉傻眼了:"那是你妈? 那……那个女人是谁呀?"

黄建刚默然了好一会儿,说:"我没想到你会去我老家。小玉,我对不起你,其实我还没有离婚。我想,她应该是我的妻子。"

"你妻子?"小玉惊讶万分,脱口道,"她……她怎么会那么老?"

黄建刚怔怔地望着远处,泪水终于从他的眼眶里溢了出来。此时此刻,想起妻子他心中愧疚难当:"其实……其实她只比我大一岁,是因为常年操劳才让她累成这样的……"

(黄　胜)

(题图:安玉民)

　　孙成才高中毕业后没能考上大学,于是就来到深圳,帮着表姐打理一家咖啡馆。

　　表姐的咖啡馆有一个很好听的名字:追忆逝水年华。表姐一开始还想换名字,说这名字虽然雅致,但显得太老气,只怕年轻人不愿意来,再说名字也太长了。孙成才极力说服表姐不要换,说是保持原名原貌更能稳住老顾客,如果再想办法进一步提高服务质量,也不愁发展新的客源。表姐觉得孙成才说得有道理,就接受了他的意见。孙成才于是便把自己的全部精力都投入到咖啡馆生意的打理上,情况果然一天比一天好。

　　这天,咖啡馆刚开门,来了一位三十多岁的女人,容貌秀美,气质高雅,她进来就轻车熟路地往里厅靠后窗的一个隔间走去。

孙成才当即意识到这是一个老顾客,于是就示意服务员给她送去水果和咖啡。

到了中午,孙成才忙得刚刚停下来歇口气的时候,忽然发现那个女人竟然还独自一动不动地坐在那个隔间里,放在她面前的水果和咖啡也没有动过的痕迹。孙成才觉得非常奇怪:这个女人,莫非有什么心事?

下午,孙成才出门进了一趟货,直到深夜十二点钟才回来。此时,客人已渐渐散去,咖啡馆该打烊了,但让孙成才分外吃惊的是,那个女人竟然还一动不动地坐在那个隔间里。

服务员悄悄过来请示孙成才,要不要提醒那个女人该离店了,孙成才摇了摇头。没有特别的原因,这个顾客不会这样一动不动地在这里坐一整天,孙成才不想惊动她。于是他让服务员下班回家,他自己坐在吧台后面,静静地陪着那个女人。

差不多是到第二天凌晨一点多钟的时候,那女人才突然像从梦中惊醒一样地站起身来,她抬腕看了一眼手表,就拿起包,急匆匆从隔间里出来。可能是意识到早过了咖啡馆打烊的时间,所以路过吧台的时候,她感激地看了孙成才一眼。

让孙成才更惊异的事还在后面!

又过了一天,如此奇特的事情竟又在咖啡馆里重复发生了,不过这次的"主角"换成了一个男人。

说起来,这天也是咖啡馆刚开门的时候,进来一个穿着很得体的男人,约摸四十岁的样子,中等身材。那男人也是轻车熟路地进来就径直往那个隔间走,并且在前一天女人曾经坐过的位子对面坐了下来,他要了一杯咖啡、一碟开心果,然后就怔怔地望着对面空空的座位出神。和那个女人一样,他在咖啡馆里也整整坐了一天。

孙成才猜测,这个男人和那个女人之间会不会有某种关系?否则,他们为什么会选择同一个隔间就坐,而且是相对的位子?

看上去,他们又分别像是在等人。等谁呢？他们在等的,会不会就是对方？如果是的话,他们为什么不能约好了一起来呢？是失之交臂,还是故意这样？他们之间曾经发生过什么故事呢……

这一个个问题,在孙成才的脑海里翻来覆去地转了好几天。接下来的一段日子里,孙成才特意天天留心着,这个男人和那个女人一直没有再出现,他才渐渐地把这事儿给丢到了脑后。

可谁知过了没多久,仍是咖啡馆刚开门的时候,那个女人又来了,和上次一样,她又在隔间的那个位子上整整坐了一天,不吃也不动;也又隔了一天,那个男人也来了,也是坐在他上次坐过的位子上,也整整坐了一天。

孙成才原本已经丢到脑后的一连串问题于是"蹦蹦蹦"地又跳了出来,他一连观察了很长一段时间,发现他们这样的情形,差不多正好是一个月出现一次。

孙成才突然有一种感觉:他们彼此一定是认识的,而且两个人如此"擦肩而过",很有可能是无意的。也就是说,他们彼此并不知道另一个人也在这么等待着,或者说惦念着自己。

就在这一刻,孙成才做出了一个决定:如果他们中间有一个人再来,他一定要想办法把这事儿给他或她挑明。当然,他也提醒自己:毕竟对这两个人之间曾经发生过的事情不清楚,所以到时候不能贸然行事,还是找个机会让他们彼此直接见面,可能会比较稳妥。

可巧的是,就在孙成才策划要给这一对男女创造直接见面机会的时候,他突然得知他的表姐,也就是这家咖啡馆的老板,因为要集中资金去投资一家新的公司,已经把咖啡馆转让出去了,而来接盘的新主人正准备把咖啡馆拆掉,重建一个酒楼。

孙成才想到那一对男女"擦肩而过"的事还没解决呢,心急如焚,就把这事儿如此这般地对表姐讲了,请求表姐再和对方商量商量,能不能给他一个月的时间,给这两个人直接见面创造一次机会。

谁知表姐一听,柳眉倒竖,说:"我的好弟弟哟,你是不是读书读傻了? 你知道这里是什么地方? 一寸光阴一寸金哪,你哪来的闲情逸致去管人家这种闲事儿? 再说,每天来来去去顾客那么多,你敢确定他们彼此一定认识? 退一万步讲,即使认识又怎么样,关你什么事儿?"

孙成才吞吞吐吐地说:"可我⋯⋯我看他们那样子,真的很⋯⋯很想帮帮他们呢⋯⋯"

"什么帮不帮的!"表姐口气坚决地说,"我现在急等着钱用,其他事儿就都管不了啦,除非你有本事把咖啡馆接下来。30 万,你拿得出 30 万吗?"

孙成才一听,顿时泄了气。可当他回到咖啡馆,一看到那个隔间,他就不死心,就想帮帮这两个人的忙。

怎么才能让他们见上一面呢? 孙成才想起表姐说"除非你有本事把咖啡馆接下来"的话,是啊,如果真要能把咖啡馆接下来,不就可以有足够的时间来做这件事了吗? 他望着服务员们在厅堂里穿梭往来的劲儿,忽然一拍脑袋:不是可以尝试搞股份制嘛? 如果鼓动大家都来参与入股,说不定真就能筹齐这笔钱?

孙成才说干就干。下午,趁咖啡馆清闲的时候,他赶紧召集大家开会,把自己的想法在会上和盘托出,让他没料到的是,员工中竟没有一个人反对。

原来这些日子里,大家都注意到了这两个男女痴痴坐等的样子,只是觉得特别怪异,但谁都没往深里想,现在听孙成才这么一分析,都觉得他们很有可能其实是一对,所以就很想一起来给他们创造直接见面的机会,做一次成人之美的善事。而且,大家和孙成才共事以来,都觉得他这个人聪明、厚道,大家相信咖啡馆经他打理,生意肯定能更兴旺。

但眼下的实际问题是,这些员工们的家境都不是十分宽裕,经济能力都很有限,虽然人不少,但他们拿出自己的全部积蓄,又东借西凑的,才只集资了26万。

实在没有办法再凑更多的钱了,孙成才只好硬着头皮把这26万送到表姐面前。

表姐一看到这摞钱,愣住了,她万万没想到员工们会有如此之举,眼眶一热,泪水流了下来。她对孙成才说:"算了吧,剩下的4万,就算我入股。"

咖啡馆终于保留下来了,孙成才于是发动员工们群策群力,商量出了一个在他们看来是比较稳妥的让那一对男女直接见面的办法。

果然不久之后,就在孙成才估计那个女人会到咖啡馆来的这天,女人真的来了! 她刚一进门,孙成才就手捧鲜花迎了上去,对她说:"恭喜您成为光临本店的第一万名顾客!"

那女人怔了一下,含着笑,道着谢,接下了鲜花。

孙成才又说:"本店将在后天举行员工和顾客联谊活动,特邀请您参加,不知能否赏光?"

女人抱歉地笑道:"很对不起,我在国外工作,明天我就得回去了。"

孙成才恍然大悟:怪不得她一个月来一次,原来是在国外工作的。

他很诚恳地对女人说:"咖啡馆能有今天的业绩,是我们员工和顾客共同努力的结果,我们曾经走过一段非常艰难的日子,所以对这个联谊活动大家都很在乎,我们非常希望到时候能请到所有像您一样重要的客人来参加。否则,我们将真的很失望。"孙成才决定,如果女人表示后天一定不能应约前来,那么现在就只能贸然把事情给她说开了。

还好,那女人看孙成才这么诚心诚意地向她发出邀请,想了想,点头答应了。

女人这边安排好了。男人那边呢? 按照惯例,男人一般是后天必到的,可万一男人那天有事不来呢? 不只是孙成才,整个咖啡馆的员工都担心这一点,所以此刻他们虽然脸上挂着笑,心里却是沉甸甸的,做事不怕一万,就怕万一啊!

好不容易过了漫长的一天,然后又是一天,到了后天,女人果然如约而至,并且很习惯地又坐到了隔间那个固定的位子上。

孙成才不去惊扰她,他在咖啡馆门口紧张地张望着,等待男人快快出现。一个人走近了,一看,不是;又一个人走近了,一看,还不是。孙成才的心"怦怦"乱跳……终于,一辆出租车开过来,在咖啡馆门口停了下来,车门打开,一个男人从车上跳了下来——正是他! 孙成才的心终于放了下来。

只见那个男人走进咖啡馆,照例径直朝里厅靠后窗的隔间走去。就在他跨进隔间的一刹那,那女人抬起头来,两人都愣住了,几乎是同时又都揉了揉自己的眼睛——他们仿佛都不相信出现在眼前的这一切竟会是真的——男人冲动地奔了过去,女人忘情地扑了上来,两个人紧紧地、紧紧地相拥在了一起……

目睹此情此景,孙成才和咖啡馆员工们的心里都很激动!

平静下来之后,男人和女人向孙成才和他的员工们讲诉了一个缠绵而动听的爱情故事。

这一对男女大学毕业后分别来深圳发展,一个偶然的机会,他们在这家咖啡馆里厅靠后窗的这个隔间里相识并且相爱了,咖啡馆见证了他们三年的爱情足迹。可惜后来因为一次小小的误会,两人竟赌气地分开了,女人远嫁去了澳大利亚,男人则到了北京。但是很多年过去了,男人无法忘掉女人,一直未婚;而女人也始终难以割舍对男人的痴情,心头总抹不去他的影子,她因此而和丈夫离了婚。巧的是,他们后来从事的工作,业务上竟都会和这个彼此最初相识相爱的城市有关,所以几乎每个月他们都分别会出差到这个城市来一趟。但因为他们之间已长久失去了联系,没有了对方的任何信息,所以每来一次,他们就只能分别到这家咖啡馆来,在当初和心中的那一半相识相爱的地方看一看,坐一坐,借以寄托自己的思念之情,和现在自己仍然牵挂着的对方说说心里的话……

女人泣不成声地对孙成才说:"真是太感谢你们了! 我不知道能用什么样的语言来表达此刻我心中的感受。你们不知道,我这次来,很可能是最后一次,因为我已经被公司调派其他工作,不再负责中国区的业务了。正因为这样,所以我才推迟了行程,答应今天来参加活动,没想到却是成全了我自己……"

孙成才和员工们互相望了一眼,会心地笑了……

（一　冰）

（题图：魏忠善）

60 岁的浪漫

　　这是一个冬天的夜晚，外面的小北风刮得挺紧，老嘎看了一会电视，在屋子里若有所思地转了一个圈，随后爬到热乎乎的炕头上，二话没说，抱起枕头一下就钻到了炕西头果子的被窝里。

　　果子嘟哝了一句："过来就过来呗，还抱什么枕头？"

　　老嘎却一本正经地对果子说："果子，从今天开始，咱一头睡觉吧？咱不分居了，同居到老。"

　　果子一听，"呲"地一声笑了起来："结婚这么多年了，咱们哪天分居了？不都是一口锅里吃，一铺炕上睡？你知道什么叫'同居'？"

　　老嘎笑了，往果子跟前偎了偎，说："你不用教我，我识文断字懂得比你多。我的意思是说，从今往后，咱俩天天在一头睡觉,行吗?"

果子一听,把身子往炕外挪了挪,说:"自打嫁给了你,都是我睡炕西头,你睡炕东头,几十年都过来了,现在年纪一大把了,却来个一头睡,你臊不臊?"

老嘎依旧往果子跟前偎:"臊? 有啥好臊的! 一头睡多好,你不见现在年轻人都是一头睡? 你看咱俩,炕东一个,炕西一个,多不方便,钻过来钻过去的真叫麻烦,再说,天冷还容易感冒。咱俩也学学年轻人,啊?"

果子不想和老嘎扯下去,就脸朝炕外不睬他。

老嘎见果子不吱声,于是就偎在果子身后躺了下来。这一来,老嘎的脸正对着果子的后脑勺,老嘎呼出的气正好吹在果子的后脖子上,果子便感到不自在,总觉得身后像在刮小北风。

以前是肩头的被一掖,严丝合缝的,怀里抱着老嘎的脚,又暖和又实在,灯一熄就进了梦香阁,可是今天空落落的不说,背后还来了一股'歪风邪气',这觉咋能睡得着? 果子想着就转过身来,故意对着老嘎的脸也大口地呼起气来。

这一呼,把老嘎给逗乐了,转过身也把后脑勺对准了果子的脸,果子就吹得更起劲了。

老嘎受不了,缩着脖子说:"要不咱俩背对背吧?"

果子憋着笑,就和老嘎背对背起来。

背对背比起一顺来的确好了不少,可肩头还是有缝,两个人还是不习惯。老嘎提议,那还不如就来个面对面吧,于是两个人又转过身来。

起初,两个人隔了两尺远,中间当然有风;后来隔了一尺远,中间还是有风;再后来虽说靠近了些,可还是怎么试怎么都觉着有风。看来,要想密不透风,只有抱成团,老嘎于是就抱着果子不放。

果子大叫:"老嘎呀,老嘎,你疯了?"

老嘎说："你嚷什么？这是在做科学实验。"

果子知道犟不过他，只好由着他去。其实，果子心里也不是不想浪漫，只觉得自己年纪大了，假如时光能够倒流，那该多好哇！

浪漫了不到五分钟，老嘎压在果子下面的那只胳膊就酸溜溜的了。他一边抽出胳膊，一边问果子："那些年轻人都是这样抱成一团睡觉的吗？难道他们就不累？再说，夜夜抱成团，感情该一天深似一天，可为什么年轻人现在离婚的却越来越多呢？"

果子说："他们年轻人火力大，不用抱着睡，被窝里透点风不要紧。咱们年纪大了，可经不起一点风吹草动哪！"

试来试去，看来要想被窝里不透风，两个人共一床被是不行的，于是老嘎和果子就一人一床被，分别将它折叠成筒状，各人钻各人的被窝，两肩头一掖，严丝合缝的，感觉好极了。老嘎头一歪能看见果子，手一伸能摸着果子，他明白了：原来年轻人是这么睡的。不研究不实践还真不知道哩，老嘎满意地笑了！

可不知过了多少时候，老嘎还是没睡着，果子说她也睡不着，好像不习惯这种睡法，于是两个人就你一句、我一句地拉起呱来。

说到巡警太平的老婆和地邻宝成搞到一起的事，果子马上想到自己家的地邻也是一个又年轻又漂亮的媳妇，她男人常年在外面做买卖，老嘎会不会也学宝成的样，先是你看我的苹果我看你的苹果，再是我给你去枝你给我去叶，大白天里苹果树下挤眉弄眼，夜里天一黑立马一头睡？

想到这里，果子试探着问了老嘎一句："你不会是惦念上咱家的地邻了吧？"

老嘎在被窝里拧了果子一下："我还真想和人家一头睡，你发给我准睡证？"

　　果子笑了,伸过手去,也拧了老嘎一下。

　　鸡快打鸣的时候,两个人都困了。朦胧中,果子伸手抱住老嘎的头摸了个遍:"哎呀,你这脚今晚咋毛茸茸的像猴脚?"

　　老嘎回答:"那不是嘎脚,是嘎头。"

　　天亮了好大一阵子,果子才醒,她身边,老嘎不见了,只有一只枕头。炕东头,老嘎钻在果子的被窝里,怀里抱着果子的脚,睡得正香。

（路一歌）

（题图:王申生）

合　离　随　缘

除非临到了别离的时候, 爱永远
不会知道自己的深浅。

爱不用说出来

　　单风翔和妻子感情不好。这也难怪,他俩的父亲是老战友,当年指腹为婚定下了亲事,可是两人在性格脾气上有很大差异,这些年都是貌合神离地凑合在一起。

　　单风翔在外面认识了一个女孩子,叫顾茜茜,两个人发展起了地下情。顾茜茜真心爱着单风翔,明知他是有妇之夫,还是满心巴望他能离婚,跟自己走上红地毯;可是单风翔考虑到对家庭的责任,一直没有向妻子提出离婚。

　　这天晚上,离下班还有半个小时,单风翔发了一条短信给顾茜茜,约她晚上六点半去"唐人街火锅"吃饭。可是两分钟过去了,对方没有回复。单风翔不放心,又重发了一遍。不一会儿,他的手机居然收到两条回复的短信,一条是顾茜茜的,她说起初没看到短信,一定准时到;另一条单风翔却做梦也没想到,是他妻子回的,也是欣然应他的邀约。原来单风翔心急失蹄,第二次竟然把短信错发给了妻子。

同床异梦是不争的事实,但像其他男人一样,情人归情人,家归家,两边都相安无事,才太平。单风翔一瞧情势不妙,就迅速权衡了利弊,觉得还是迁就一下老婆这边的好,免得她生疑而节外生枝;至于顾茜茜,只好谎称临时有场应酬,委屈她一下了。所以他一下班,便给顾茜茜挂了个电话,好说歹说,才把她安抚住。

晚上六点半,单风翔带着十二分的不情愿,驾车把老婆接到"唐人街火锅"。火锅店地处黄金地段,生意出奇的红火,单风翔进去眼睛一扫,居然没瞧见空桌,只好带着老婆一前一后往里走,看能不能找个空位。他眼珠子四处打量,心里却盘算着找不着位子的话,就可以溜之大吉,去顾茜茜那儿。冷不防,他瞅见一个人,一个再眼熟不过的女人,差点没把他魂儿吓飞了:只见大门旁的一张桌边,顾茜茜正气鼓鼓地瞪着他和老婆呢,她身边还陪着几个女友,看来是被单风翔放了鸽子之后,约了一群朋友一起出来的。

单风翔一瞅这阵势,三十六计走为上,他赶忙以"客满"为借口,对老婆说改天挑人少的时候再来光顾,便慌慌张张朝大门口逃去。顾茜茜正好坐在靠门这边呢,晚上单风翔骗了她,她一心想着小惩大戒,哪肯轻易放走他们。眼看单风翔朝自己走来,她随手抓过一根香蕉,三口两口吞下肚,手心捏着香蕉皮不丢,想趁单风翔老婆经过时扔到她脚下,叫她来个倒栽葱,以解心头之恨。

单风翔也晓得顾茜茜爱使小性子,何况今晚是自己做亏心事在先,她准会跟自己没完,所以在经过顾茜茜跟前的时候,他提高了一百倍的警惕,以免闹出什么笑话。可他千算万算,还是棋差一招,只在一刹那,他瞅见顾茜茜将香蕉皮装作不经意地掷向他老婆脚下,他赶忙来个快速后踢,一点儿不显山露水地将香蕉皮向后扫出一米开外。他正为这一腿洋洋自得哩,岂料这时候他们身后偏巧走过来一个女服务员,手里端着一盆火锅清汤锅底,不偏不倚一脚踩上了香蕉皮,身子当即一晃,还好,没跌倒,可整个清汤锅底一下子全倒在了单风翔夫妇的裤子上,惊得他俩同声尖叫起来。女服务员吓愣了,大堂里客人们的目光齐刷刷地都瞄了过来。

单风翔的妻子烫得怎么样,顾茜茜自然不会放心上,可单风翔也遭了殃,要是烫伤了怎么办?顾茜茜一把抓过餐巾,扑上来半蹲着替他擦拭,心里头为自己的任性懊悔不已,一急,竟然禁不住啜泣起来。她浑然忘记自己身处大庭广众之下,一边擦拭一边着急地问单风翔道:"怎么样?没烫伤吧?"明眼人一眼就能瞧出他们两人有戏。

幸好锅底的汤不算烫,单风翔没什么大碍。单风翔赶紧偷眼瞥老婆一眼,她正又惊又恼地瞪着他们两个人呢!单风翔忙客气地对顾茜茜说:"不用擦了,没事,没事,谢谢你啦!"他还特地把"谢谢你啦"说得很响,生怕老婆听不到似的。顾茜茜也意识到了自己的失态,窘迫地起身回座,单风翔来不及多想,拉起老婆,逃也似的出了火锅店大门。

夫妻两人一刻钟后回到了家。换好衣服之后,单风翔一屁股坐在沙发上,一直高悬的心儿终于落下了。

"我们离婚吧。"谁想坐在对面的妻子劈头一句,犹似一声惊雷,把个单风翔轰晕了,"那女孩看来是打心眼里喜欢你……"

单风翔张口结舌:"你这……这是哪……哪儿的话,莫……莫名其……其妙嘛!"

妻子的语调异乎寻常的平静:"何必再隐瞒呢,有什么事能逃得过同床共枕了七年的枕边人的眼睛呢!你们的事,我早在背地里了解得一清二楚了,只是没有捅破这层窗户纸。我原来想,只要你不说,我也就这么耗着,今天你突然请我吃火锅,我就知道是到该摊牌的时候了。你想想,我们有多久没一起在外面吃饭了呀?"

　　妻子沉默了一会儿,接着说:"只是我没想到,你们不是用言语,而是精心导演了这么一出戏,来暗示我退出……看得出来,那个女孩子对你是真心的。我或许还该感谢你们给我留了面子,没说狠话令我难堪呢!我们在一起既然不能幸福,现在又没有孩子拖累,不如好聚好散。我……祝福你们!"

(林贤安)

(题图:刘斌昆)

爱的缺憾

小胡师大刚毕业,正为去向犹豫不决,志愿去西藏创业的同学梁枫建议说,他的家乡皖南不错,白墙黑瓦,青山碧水,是个盛产诗歌和爱情的"伊甸园",尤其是他们镇上的青溪中学,依山傍水,风景如画,特别适合小胡这样的未来诗人生活。

小胡一听就动了心,于是经过一番努力,如愿以偿地来到皖南青溪中学。果然,如梁枫所说,那儿清丽的山水风光大大激发了小胡的诗情,不过遗憾的是,小胡自视精品的诗歌没有一篇被诗歌杂志看中,他理想中的浪漫爱情更是迟迟不见影子。惟一值得安慰的是,在学生眼里,小胡是个神秘的诗人,学生们都很崇拜他,每次去家访,学生和家长对他都是一副顶礼膜拜的样子。

春暖花开的季节,有一天下课后,小胡班里的女生莫菲突然歪着脑袋问小胡:"胡老师,你怎么老是不到我家来做家访? 这样可不公平!"莫菲是个性格活泼的漂亮女孩,成绩一直在班上名列前三名。

小胡笑着向她解释:"老师实在是时间有限,只能挑成绩差的同学做家访。嘿,享受这个待遇可不是什么好事情,你要是成绩真不好了,你爸爸第一个就不会放过我吧?"莫菲的爸爸是镇上的书记,小胡曾听人说起过,莫书记的工作能力很强,为人耿直,因为得罪了县里的一个大人物,一直没升迁。

小胡原以为这话说说就过去了,不料几天后的一场考试,莫菲的成绩突然一落千丈,竟然滑到中下等的行列。这怎么可能呢? 小胡怀疑莫菲是故意的,他决定立即去做一次家访,否则再滑下去,以后没法向莫书记交代。正好第二天就是休息天,小胡通知莫菲:"我明天上午去你家,你跟你爸爸说一声。"小胡希望周末去能碰上莫书记,让莫书记好好给莫菲谈一谈,让小姑娘把学习态度端正起来。

莫菲的家不远,就在学校对面的山坡上,中间只隔着一条清溪河。第二天上午,小胡信步来到莫菲家,可她家里却冷冷清清的,只有莫菲一个人兴高采烈地从楼上迎下来。小胡有些失望地问:"你爸爸不在家?"莫菲说:"我爸爸、妈妈都有事出去了,可我姐姐莫雅在楼上哩!"

莫菲凑到小胡耳边嘀咕道,"胡老师,你不用访我爸妈,访我姐就行了。实话告诉你,我成绩下降,是因为我姐她最近越来越不开心,看她这样,我哪能集中精力学习? 以后只要你常来我家,做做我姐的工作,我保证成绩不下前三名! 我姐最爱写诗,你上楼指导指导她吧,我去给你们烧点茶水,就来!"

小胡不知道莫菲到底在捣什么鬼,可是一听说她姐最爱写诗,倒也来了兴趣,于是点点头,就往楼上走去。可是,他不知道,其实这黄褐色的木楼梯,他是万万不该上的。

这是一幢古旧的木楼,楼上光线灰暗,只有临窗的写字台前斜斜地泻进一片春晖,小胡看到,一个长发女子,此刻正背对着他,坐在窗前的光亮里。小胡猜想,她应该就是莫菲的姐姐莫雅了,于是走上前去,正要招呼,突然他发现,莫雅坐的是轮椅。

莫雅是一个残疾姑娘? 小胡吃了一惊。

这时候,莫雅听到小胡的脚步声,把轮椅转了过来。就在这一刹那,小胡又吃了一惊:莫雅太美了,白皙美丽的脸庞,一条火红色的长裙把她的残腿严严实实地遮盖了起来。

小胡脑海里蹦出一句诗来:"啊/生命/僵硬和脆弱/燃烧起希望之火/以及爱的美丽……"

莫雅打量小胡许久,轻轻说道:"你就是胡老师吧? 莫菲说你要来看我,没想到你真的来了。"

小胡现在明白了:什么家访,这一切,其实都是莫菲导演出来的,她对自己和她的姐姐,都讲了谎话。可在这种情况下,小胡不忍心把事情说破,只得顺水推舟:"我早就想来同你聊聊了,听莫菲说,你也挺喜爱诗歌的,是吗?"

"是的,"莫雅幽幽地说,"本来我的生活应该像诗一样美好,可是半年前一次外出旅游时遇上了车祸,我的生活从此就变了样……好了,不说这些。胡老师,你能帮忙看看我写的诗吗?"

小胡赶紧点头:"好啊,我今天就是来学习的嘛!"

莫雅向小胡捧出了她写的一大叠诗稿,内容大多是关于人生和爱情。读着读着,小胡发现,姑娘冷峻的外表下,其实燃烧着一颗火热的心。想着这破旧的木楼里竟禁锢着一个如此美好的生命,小胡的心里很不是滋味。

正在这时,莫菲端着一杯茶上来了,笑嘻嘻地说:"胡老师,你和我姐挺谈得来嘛! 喝杯茶吧! 不过,我有言在先,这茶的味道不一定合你的口味,你可要想好了,真的愿意喝再喝,喝了可别后悔哦!"

　　奇怪,喝杯茶有什么可后悔的? 莫菲平时老爱和同学开玩笑,在老师面前也没有什么拘束,所以小胡根本没把她这话往深里想,接过茶杯,还打趣道:"难不成你在茶里下砒霜了? 嘿嘿,就是下了老师也不怕,照喝!"小胡和莫雅说了半天话,早渴了,于是捧起茶杯就"咕咚咕咚"地喝了起来。

　　这茶水里还放了红糖呢,甜滋滋的,不烫不凉,正好。小胡一口气把糖茶喝完了,擦擦嘴,抬起头,他诧异地发现,莫雅竟羞涩地垂下了眼睛,白皙的脸颊上绯红一片。

　　一时间,两人反而没了话语,小胡于是就准备起身告辞。莫雅怯怯地小声问道:"胡老师,以后,你每个星期都来教我写诗歌……好吗?"

　　小胡爱怜地看着眼前这个姑娘,又看看站在旁边的莫菲脸上那渴求的眼神,不由自主地点点头,说:"好啊,以后我每个星期都来!"

　　莫菲坚持要送小胡。出门不远,她忽然低下头,忐忑不安地对小胡说:"胡老师,你知道在我们这里,喝糖茶,是什么意思吗?"

　　小胡随口说:"一定是对客人表示一种特别的欢迎吧?"

　　谁知莫菲摇摇头,说话突然结巴起来:"对……对不起,胡老师,按……按我们这里的风……风俗,你在我姐……我姐面前喝了……喝了糖……糖茶,你现在就……就是我……我姐……我姐的男……男朋友了……"

　　"什么?"小胡一听莫菲这话,真恨不得把肚子里的糖水全吐出来,"莫菲,你这不是在害老师嘛! 你不光是欺骗了老师,也欺骗了你姐啊!"

　　莫菲的眼睛红了,嗫嚅着说:"对不起,老师,这一切都是我……我故意……我……我把你和我们的合影给我姐看,还骗她说你早就想见她……老师,你不知道,她好久都没像今天这么高兴了。"

"怎么会有如此荒唐的事?"小胡愤怒极了,这才发现自己竟然一步步钻进了莫菲的圈套。

莫菲流着眼泪哀求道:"胡老师,这件事是我们三个人的秘密,不会传出去的,你不用当真,只要装糊涂和我姐处处就行了,因为我实在想不出有其他什么办法能让我姐开心起来。等过了这一阵,以后我保证想办法不让她缠着你,真的,不会的!"

听着莫菲的这番话,小胡的心不禁软了下来,事情似乎不容他回绝:"好吧,老师试试看,但愿不会给你姐带来更大的伤害!"

莫菲听小胡这么一说,立即破涕为笑:"胡老师,太谢谢你啦!"

说实话,小胡答应莫菲的要求,并非完全是因为对她姐莫雅的同情,小胡其实很喜欢莫雅,觉得她又漂亮又有才情,正像自己的梦中情人。可是一想到她那双残疾的腿,小胡就胆怯了。正好最近他一位已经"下海"的同学约他南下,他也很想去南方看看,所以他想,和莫雅处处吧,反正到时候自己往南方一走,也不至于会落到脱不了身的地步。

所以,这之后的每个星期天,小胡都如约去看莫雅一次。原本在小胡来说,无非是有一个谈诗歌的朋友,可谁知随着日月的推移,小胡发现自己渐渐地真有点爱上莫雅了。

那天,莫菲悄悄带信给小胡,说姐姐莫雅让小胡马上去她家,莫雅有大事要跟小胡说。小胡隐约感到也许莫雅要和自己确定什么,他决定要在莫雅开口之前,把自己打算和朋友一起南下的事情告诉她,也许这段不可能的感情是到了要结束的时候了。

天擦黑的时候,小胡来到了莫雅家。叩门,门是虚掩着的,他于是便推门走了进去。楼里静悄悄的,没人,小胡不由喊了声："莫雅！"

只听莫雅在楼上说道："是胡老师来了吧？爸妈去城里了，莫菲也去了姥姥家，他们今晚都不回来。胡老师，你把门关好，上来吧！"

面对这样的暗示，小胡的心不由沉重起来。上了木楼，小胡发现莫雅的房间漆黑一片，他正要找电灯开关，莫雅却让小胡先别把灯打开。小胡知道自己再不表白就来不及了，万一让莫雅抢先说了什么，自己也许就很被动了，于是，他赶紧开口道："莫雅，你先听我说。"小胡的声音有些发抖，"我再过几天就要离开这里，到南方去开始新的生活了，我想……我想……我们是不可能的！"小胡一口气把这番话说完，虽然心里有些不忍，倒也有了如释重负的感觉。

房间里静得让人觉得不自在，窗外传来青溪河的流水声，格外清晰。

好久好久，小胡听到莫雅平静的声音："我明白了，胡老师，你把灯打开吧，开关就在你左边的墙上！"

小胡打开灯，房间里顿时亮堂起来。他抬头朝莫雅望去，却惊得目瞪口呆！明亮的灯光下，泪流满面的莫雅正亭亭玉立地站在那里，一双修长的双腿无可挑剔。

"莫雅！你……你的腿好了？"

莫雅平静地点点头，说："不是好了，是本来就没有问题，我的腿其实一直是好好的。今天请你来，就是想告诉你这个真相。"

她这是在考验我？小胡立刻觉得既后悔又愤怒。

莫雅好像看出了小胡的心思，冷冷道："你听说了吗，今天上午，县委李书记和他儿子出了车祸，两个人当场都送了命。"

小胡莫名其妙："这跟你有什么关系？"

莫雅说："当时我已经有了男朋友，可这个李书记的儿子硬要插一脚进来,李书记于是就对我爸施加压力,我实在没办法,这才装成腿残,他们也才罢了休。我原以为事情过去了,谁知我原先的男朋友以为我腿真的残了,还没容我解释,从此就再也没了踪影。我原本想离开这个让我伤透了心的地方,可老天竟把你送到了我的面前,我曾经是那么喜欢你,不想离开你,所以就宁肯把残腿一直装下去。"

"那你为什么不告……"

小胡话没说完,却被莫雅打断了:"我一直以为你和梁枫不一样,没想到你们竟如此相像。"

"梁枫?哪个梁枫?"小胡猛地打了个激灵。

"梁枫就是我的男朋友,当初他在师大读书,我们非常相爱,可后来,他竟连回来看一看我的勇气都没有了。他借口说是要去西藏,还说不想让我跟着去受苦……"

原来是这样!小胡这才明白为什么梁枫当初极力鼓动自己来这里,也许他是希望自己的诗能和莫雅撞击出爱情的火花,那么他也算是为莫雅做了一点事情。可这难道就是如诗的生活吗?小胡的心像被捅了一刀。

小胡不由拷问自己:我的心灵真的纯洁到了可以写诗的程度吗?如果我一开始就知道莫雅的腿是好的,我还会这么轻易放弃她吗?小胡再也说不出话来,跌跌撞撞地下了木楼。

第二天,小胡就向学校打了辞职报告。他放弃了爱情,也放弃了诗歌。他决定到南方去,重新开始认识生活!

走的那天,雪下得很大,小胡深一脚、浅一脚,走出了那年的冬天。

(夏启萍)

(题图:安玉民)

爱的明信片

　　小敏漂亮活泼,在一家大酒店做商务秘书。追她的男孩可真不少,但小敏都看不上,所以至今也没有男朋友。这个休息日,小敏搭上火车,一个人去附近的城市散心。

　　下了火车,走在这个陌生的城市中,小敏觉得无拘无束,特别轻松。虽然这里离她住的城市还不到二百公里,但仿佛完全是另一个世界,一切都显得很新鲜。

　　小敏边玩边逛,不知不觉来到了繁华的商业街。街口有几个勤工俭学的大学生在卖明信片。小敏走过去,随手拿起一套画着节日饰品的明信片,一下就喜欢上了那精美的图案,她毫不犹豫地买了下来。刚好旁边有个邮局,小敏走进去,准备把明信片分寄给自己的朋友们。想到朋友们收到这些从外地寄去的明信片时,满脸惊讶的样子,小敏不由抿嘴笑了起来。

手里的明信片一共有十二张,小敏计算着怎么分配——好朋友小兰和小丽自然要给;单位里跟她关系很铁的几个小姐妹也要有;还有以前对自己最关照的张老师,要寄一张表示心意;同学小红刚生了小孩,还没来得及去看望,现在正好写几句祝贺的话给她……还有,最重要的是,一定得留张最漂亮的给"他"。

一想到他,小敏的脸就有些红了,但是心里却甜滋滋的。这个"他"叫陈健,是半年前才搬到小敏住的那幢楼的,碰巧还在同一层,成了不折不扣的邻居。第一次在电梯里相遇,陈健就很有礼貌地和小敏打招呼,给小敏留下了一个好印象,后来,小敏从一个偶然的机会得知,就是她的这个新邻居陈健,去年刚从一所名牌大学毕业,作为高材生,他马上被市委的一个部门"抢"走了。这下,小敏对陈健就更有好感,对他也就格外留意起来。

可是陈健对小敏的态度却是让人捉摸不透。每次碰面,陈健都会与小敏谈笑风生,笑容也很亲切,甚至小敏都能觉出陈健眼里闪亮的火花,但是他从不对小敏表示什么,更没有提出过约会的要求。这让小敏很纳闷,难道是陈健已经有了女朋友?小敏顾不得女孩的矜持,旁敲侧击地打听到他还没有女朋友,不由得暗暗松了口气,只是苦于一直没有机会向他表露心迹。

所以,今天这张明信片要肩负着探路石的重任,把小敏的心事带到陈健的身旁。

小敏提起笔,紧张地屏住呼吸,她的手在微微颤抖,犹豫了许久,她写道:"太多太多的相思为你,我以为你懂;为何你明明动了心,却又不靠近?"

在落款处,小敏没有署名,毕竟这种明信片是谁都可以看见内容的呀。她填上了陈健的地址和姓名,然后郑重地把这张夹着姑娘沉甸甸心事的明信片投进了信箱。

回到家,小敏真是度日如年,心里忐忑不安。

明信片终于如期寄到了,那天,陈健和小敏刚好在楼道口遇见,同时看到了那张明信片,正静静地躺在电梯口的桌子上。

陈健拿起明信片,仔细地看了一遍又一遍,开始显得很惊讶,慢慢却绽放出笑容,而且那笑意越来越浓,浓得让小敏的心都要停止跳动了。

"谁寄来的? 让你这么高兴。"小敏心虚地问。

陈健抬起头盯着她,神秘地笑笑,没有回答,而小敏却被这一盯羞得满脸通红。

小敏本以为陈健收到明信片就会有所行动了,但他却好像比以前更忙了,一连几天竟然影子都见不到。小敏不由得有些泄气,整日心不在焉、无精打采的。

这天小敏下班回家,踏进电梯正要关门,忽听陈健在后面叫"等一下",就忙按住电钮等他,谁知跟着陈健跑过来的还有一个女孩。

小敏用疑惑的眼神询问着,只见陈健亲热地揽过那个女孩,大方地向小敏介绍:"这是我的女朋友小莱,她也是我大学的同学。"

看着小敏一脸愕然的表情,陈健又补充道:"前几天给我寄明信片的就是她,如果没有这张明信片,我们可就要错过了。"

明信片? 怎么回事呀? 刹那间小敏感到天旋地转,她狠狠地瞪着那个女孩,明明是自己寄的,怎么会变成了她寄的呢,原来她是个骗子!

"都说好几遍了,不是我寄的明信片。"女孩在陈健的臂弯里正色地辩解。

"哦,好好,不是你寄的,是老天爷看我们相思太苦,让它自己飞来的,行了吧?"陈健温柔地哄着她。

看着他们亲热的样子,小敏傻傻地站着,心都要碎了。

陈健见小敏不说话,以为她还没听明白,就继续说道:"我和小莱在大学时就彼此有好感了,可是那时我们都不好意思捅破,结果毕业后各回原籍,也就没有了联系。其实我们住的城市离得挺近,还不到二百公里呢!前几天我收到明信片,一看是那个城市的邮戳,再看上面的话,立刻就猜到是小莱。我第二天忙跑去找她,她还不好意思承认呢!"

陈健还在兴奋地说着,小敏却再也听不下去了,她深深地吸了口气,由衷地对他们道了声祝贺,便抢在前面出了电梯。

小敏知道,自己的眼泪就要流下来了,但她决定,这个秘密永远不说。

（奇　奇）

（**题图**:黄全昌）

老姑娘约会

　　傍晚,海关钟楼响了六下。离约会时间还有半小时呢,欧沁园已来到指定地点——海滨公园的八角亭前。她那高挑身材在玫瑰色晚霞中清晰地勾勒出一幅优雅的剪影,漂亮的杏仁眼一闪一闪,楚楚动人。

　　一般来说,小伙子总是等姑娘的,何况又是第一次见面。然而,欧沁园却不这么认为,谁等谁还不一样?一个月前,姨妈拿了一张照片给欧沁园看,那小伙子挺帅,尤其是那双眼睛,给她留下了深刻的印象。可照片不一定靠得住,照片毕竟能艺术加工,欧沁园可不是那种容易轻信的姑娘,不过她同意见面。本来约会是定在半个月前的,可快到那天的时候,姨妈跑来说,小伙子要出差,不能来了。欧沁园说没关系,于是就约了第二次,结果又没成,姨妈说那小伙子正忙着自学考试,又不能来了。所以今天的约会,已经是第三次定下的时间了。

晚霞渐渐隐去,八角亭上的灯在暮色中闪着柔和的光,看着一对对情侣手挽手从自己面前经过,欧沁园心里涌起一种异样的感觉,两个相爱的人在一起多么美好啊!她抬腕看看表,6点18分,离说好的约会时间还有12分钟呢,我这是怎么啦?着急了?她觉得自己的心跳加快了,脸也有些发烫……

欧沁园本是一家丝织厂的挡车女工,前些年因工厂倒闭下了岗。下岗后就意味着重新开始选择生活,以前在一块儿的小姐妹不是嫁了人就是忙于做生意,欧沁园却选择了自学成材这条路。果然,经过多年奋斗,欧沁园终于拿下了硕士学位,并且竞聘在一家大公司担任会计师,然而感情生活却一直没有结果,曾经有好几个小伙子追求过欧沁园,但又觉得她是个一心钻在书本里的姑娘,所以最后一个个都选择了放弃。如今欧沁园年龄已经三十又五,是个地地道道的老姑娘了,每每想到自己的感情问题,她心头总不免掠过一丝苦涩……

离约定时间还差五分钟的时候,欧沁园发现一个身材高高的小伙子向她走来。"啊,是他!"欧沁园一眼就看到了小伙子脸上那双与照片上一模一样的眼睛,她有些紧张,脸上又是一阵发烫,不由低下了头。

"对不起,请问,你是欧沁园吗?"小伙子已经走了过来,站定在欧沁园面前,一张口,是那种浑厚的男中音,欧沁园觉得很好听。

欧沁园抬起头来,小伙子一双很有男子气的眼睛正看着她,眼神有力而坚定,欧沁园就喜欢这样的眼神,有一种绝对的可靠和安全感。欧沁园朝小伙子微微一笑,点点头,然后转身朝湖边走去。

"哎,请你等等。"小伙子叫住欧沁园,"我……我想跟你谈谈。"

欧沁园温和地说:"我们边走边谈吧。"

"不,就在这儿谈吧,因为……因为我的女朋友还在公园门口等着我呢!"小伙子似乎有些抱歉但又很坚决地说。

欧沁园顿时呆住了,"突突"的心跳震遍全身,她眉头紧皱,有一种被人捉弄的屈辱,和遭受屈辱之后的愤怒。泪水在她的眼窝里滚动,她硬是强忍着,不让泪水掉下来。

"我很对不起你!"小伙子歉意地说。

"有什么对不起的,像你这种人,根本不用说'对不起'。"欧沁园说罢,转身要走。

"哎,请你等等,我想求你帮忙。"小伙子又叫住欧沁园。

欧沁园停住了,回身以冷漠的口气问道:"怎么,还想开玩笑?"

小伙子走近几步,望着欧沁园,诚恳地说:"我不是跟你开玩笑,我确实需要你帮忙,因为这事是我父母和你姨妈安排的,开始我一点也不知道。"

"你父母也不知道你有女朋友?"欧沁园问道。

"知道,可他们不同意。"小伙子的眼神闪出一丝忧郁。

"为什么?"

"她曾失过身。可那是几年前的事了,当时她年轻,上了坏人的当,就糊里糊涂失了身。我认识她后,觉得她是个非常善良、非常可爱的女孩子,她也很信任我,所以我们真诚地相爱了。可是我父母不同意我跟她来往,跟你约会的事,是我父母安排的。我母亲与你姨妈是同事,前两次我想法改掉约会,可这次不行了!"

欧沁园说:"你就这么怕你的父母?"

小伙子摇摇头:"我父亲已经70多岁了,又有严重的心脏病,生不得气。我不想让父母担心,可我也不想失去现在的女朋友。"

听小伙子说着这一切,欧沁园心里的委屈和愤怒早已跑到了九霄云外。她温和地望着小伙子,关切地问道:"那么,你要我帮什么忙?"

小伙子说:"就跟你姨妈说,你没有看中我,谢谢了!"说完,小伙子转身要走。

"哎,你等等!"这回是欧沁园叫住了小伙子。

小伙子问道:"还有事吗?"

欧沁园本想说几句安慰和鼓励他的话,可忽然又觉得这是多余的。她微笑着说:"要是我说,我看中了你呢?"

小伙子慌忙摆手:"别、别这样,这怎么可能呢? 大姐,你一定得帮我这个忙。"

欧沁园还是微笑着说:"说实话,我真的看中了你,你是个好男人! 可我知道,这种事得有缘分。我想,今后咱们还可以成为好朋友,我真诚地祝愿你们幸福!"

小伙子被深深地感动了,说:"我和我女朋友都感激你! 我们也祝福你!"说完,他匆匆走了。

晚风轻轻地吹拂着,夜幕下柔和的灯光闪闪烁烁。望着小伙子离去的背影,欧沁园心底升起一种柔情,同时又有一种莫名的惆怅。

她默默地为他和他们祝福!

（沈　宏）

（题图:安玉民）

爱情角色

张旭的女朋友小梅是个模特,要论外型条件和气质,小梅绝对有成为名模的潜力,可干这行要是没有包装宣传,出名可就太难了。

张旭是个普通的白领,没钱没路子,一点忙都帮她不上。

这天,张旭在小梅公司门口等她下班,碰巧遇上了好久不见的老同学李辉。早就听说李辉发了大财,一聊才知道李辉竟然就是小梅这个模特公司的后台老板。张旭赶紧把小梅的事情告诉他,希望他能帮忙提携一下。

说的时候,张旭留了个心眼,没说小梅是他的女朋友,只说是表妹,现在明星都要强调自己是单身,张旭寻思着,做模特也要有崇拜者,也许单身更好发展。李辉面带难色地对李辉说:"你也知道,现在要捧红一个人,得花不少钱……"

　　正说着,小梅从公司出来,看到张旭和自己的老板好像很熟似的,有些吃惊。张旭赶紧给小梅使了个眼色,招呼她过来,介绍道:"李辉,你手底下人多,肯定不能都认识,我给你介绍,这是我的表妹小梅。"

　　小梅看了张旭一眼,有点紧张地冲李辉笑了笑。

　　李辉对着小梅上下一打量,轻轻地说了声:"条件挺不错的嘛。"

　　李辉毕竟是老江湖了,看到再漂亮的美女也不会很夸张地称赞,但就这么轻描淡写的一句,张旭也看得出,小梅没让李辉失望。果然,李辉说话的口气缓和多了,开玩笑似地说:"你要是放心把表妹交给我,我可以试着帮她想想办法。"

　　张旭一听,高兴得没法说,再看看小梅,也是一副热切的样子,于是就很郑重地对李辉说:"怎么会放心呢,我这个妹妹就交给你了。"

　　接下来的一段日子,小梅果然很忙,也多了很多应酬。没多久,在李辉的热捧下,小梅真的成了模特界小有名气的新秀。

　　倒是张旭自己,觉得挺失落的,他已经一个多月没见过小梅了,以前一煲就是一个多小时的"电话粥",现在早就变成了两三分钟的"电话清汤"。张旭经过认真考虑,决定在小梅生日这天约她出来吃饭,向她求婚。打电话的时候,张旭很担心小梅又要说忙得没时间见面,可谁知道她这次居然很爽快地就一口答应了。

　　生日那天晚上六点,小梅准时来到餐厅,但似乎精神很不好,总有点走神的样子。

　　"小梅,我有件事情想跟你说。"张旭边说边把手伸进口袋,抓住放求婚戒指的首饰盒,心里很紧张。

　　"还是我先说吧。旭,我们分手吧。"小梅说出这句话的时候,张旭真不敢相信自己的耳朵。

　　"你没有钱,对我的事业不会有任何帮助。昨天李辉向我求婚,我答应了。但你要明白,我爱的是你,不是他。"真正开了口,小梅倒显得镇定了很多。

张旭终于明白了,苦果的种子是自己种下的,这就叫"自作自受"。

小梅看张旭不说话,继续说:"我可以给你一笔钱,对你或许有用,你以后可以找到一个更好的姑娘。"说罢,她立刻掏出手机,拨通了电话。"是李辉吗?我在乡下的哥哥想借二十万块钱。"小梅小声说。

电话那边,爽快地答应了。

三天以后,张旭带着失恋的痛苦和屈辱,离开了这里。在新的城市,他用小梅给他的那笔钱开了一家公司。五年后,张旭的事业很有成就,公司已经拥有了上百万的资产。

可是,这五年里张旭没有谈过一次恋爱,在内心深处,其实他一直没有忘了小梅。

前不久,因为业务的扩展,公司招进一批新人,有个叫小秀的女孩,和小梅长得非常相像。小秀的出现,让张旭感到自己受伤的心开始复苏,在和小秀的接触中,有一次,张旭半开玩笑地问小秀有没有男朋友,小秀害羞地直摇头,于是张旭就此对小秀展开了猛烈攻势,两个人的关系发展得很顺利,很快就结婚了。

小秀生日那天,张旭提前为她在酒店定了席位,毕竟这是他们结婚以来小秀过的第一个生日。在酒店门口,张旭看到小秀和那个常来找她的表哥在一起,刚想过去打招呼,手机就响了,号码是小秀的。为了给她一个惊喜,张旭接了电话。

只听小秀在电话里小声地说:"是旭吗?我在乡下的表哥想借二十万块钱……"

张旭当场愣在了那里,手机差点儿掉在地上……

(周智恒)

(题图:魏忠善)